Alex projeta ses épaules vers l'avant et sur le côté et se retourna, enfonçant douloureusement ses talons et la girouette dans les tuiles jusqu'à ce qu'il s'arrête, écorché. Ses pieds nus hurlaient de douleur.

Soudain, elle fut sur lui. La vampire gronda et Alex abattit avec force la girouette sur son épaule et son cou.

Cette fois, elle fut blessée — la créature glapit et tomba en arrière.

Alex la regarda se tapir là un moment, du sang noir coulant des entailles qu'il lui avait infligées.

Elle cracha :

— Tu fais ça souvent ?

Alex Van Helsing

L'avènement des vampires

1

ALEX VAN HELSING

L'AVÈNEMENT DES VAMPIRES

1

Jason Henderson

Traduit de l'anglais par
Catherine Biros et Sophie Beaume

Éditeur : François Doucet
Traduction : Catherine Biros et Sophie Beaume
Révision linguistique : Marie Louise Héroux
Correction d'épreuves : Nancy Coulombe, Carine Paradis
Conception de la couverture : Mathieu C. Dandurand
Photo de la couverture : © Thinkstock
Mise en pages : Sébastien Michaud
ISBN papier 978-2-89733-006-4
ISBN PDF numérique 978-2-89683-947-6
ISBN ePub 978-2-89683-948-3
Première impression : 2013
Dépôt légal : 2013
Bibliothèque et Archives nationales du Québec
Bibliothèque Nationale du Canada

Éditions AdA Inc.
1385, boul. Lionel-Boulet
Varennes, Québec, Canada, J3X 1P7
Téléphone : 450-929-0296
Télécopieur : 450-929-0220
www.ada-inc.com
info@ada-inc.com

Diffusion

Canada :	Éditions AdA Inc.
France :	D.G. Diffusion
	Z.I. des Bogues
	31750 Escalquens — France
	Téléphone : 05.61.00.09.99
Suisse :	Transat — 23.42.77.40
Belgique :	D.G. Diffusion — 05.61.00.09.99

Imprimé au Canada

Participation de la SODEC. SODEC
Nous reconnaissons l'aide financière du gouvernement du Canada par l'entremise du Fonds du livre du Canada (FLC) pour nos activités d'édition.
Gouvernement du Québec — Programme de crédit d'impôt pour l'édition de livres — Gestion SODEC.

Catalogage avant publication de Bibliothèque et Archives nationales du Québec et Bibliothèque et Archives Canada

Henderson, Jason, 1971-

L'avènement des vampires
(Alex Van Helsing ; 1)
Traduction de: Vampire rising.
Pour les jeunes de 13 ans et plus.
ISBN 978-2-89733-006-4
I. Beaume, Sophie, 1968- . II. Titre.

PZ23.H46Av 2013 j813'.54 C2013-940560-7

À ma mère, Trudie Lee Bell Henderson

Chapitre 1

Alex Van Helsing se mit à courir. Aussitôt, et sans une seconde d'hésitation, il courut en direction du cri, sautant dans les arbres depuis le bord de la route aussi vite que ses jambes pouvaient le porter, ses semelles en caoutchouc labourant le sol tendre et les feuilles humides de rosée. Le soleil venait à peine de se lever et il faisait encore sombre dans les bois. Il entendit à nouveau le cri — quelqu'un hurlait d'une voix enrouée qui semblait râpeuse et masculine.

Alex était en train de marcher sur la route bordée d'arbres qui partait de la porte de sa nouvelle école, frissonnant légèrement dans le froid qui précédait l'aube. Cela ne faisait que deux malheureux jours qu'il avait intégré l'Académie Glenarvon et il pouvait déjà dire qu'un changement allait être nécessaire. Incapable de dormir, il s'était faufilé hors de sa chambre, à travers les couloirs déserts, puis il avait traversé la cour d'école et franchi la grille d'entrée pour aboutir sur la route. Il percevait au loin le bruit des oiseaux aquatiques du lac Léman, le coassement épisodique des grenouilles. À part cela, on n'entendait rien d'autre que le souffle doux et régulier de sa propre respiration.

Puis le cri provenant des bois déchira l'air.

Alors qu'Alex accélérait, le son de la voix devint de plus en plus désespéré, puis s'éteignit. Il se fraya un chemin en courant à travers les branches basses, l'une d'entre elles lui giflant l'oreille.

Il sauta par-dessus une souche, atteignit une clairière et, soudain pétrifié, s'arrêta net, chancelant.

Là, dans les bois, il vit un corps.

C'était un homme, probablement dans la quarantaine, portant une casquette nautique et une salopette. La barbe de la victime était pleine de sang et de la vapeur s'élevait du corps. Même sans le cri qu'Alex avait suivi, il savait — cette mort venait à peine de se produire.

Les yeux d'Alex firent rapidement le tour de la clairière, puis revinrent sur le corps. Il n'avait pas peur des morts ; à quatorze ans, il s'était déjà entraîné au secours en montagne dans le Wyoming et avait participé à des opérations de recherche. Certaines d'entre elles avaient mal fini. Mais rien de ce qu'il avait vu dans le Wyoming ne s'était terminé de cette façon.

Puis, il y eut un autre bruit : une sorte de bourdonnement intermittent dans son esprit fit tressauter sa tête un instant. Alex battit des paupières, décontenancé par la sensation, perdant l'équilibre pendant une seconde. *Mets ça de côté. Concentre-toi.*

Les yeux d'Alex furent attirés par le mouvement d'une poignée de feuilles s'élevant dans les airs en tourbillonnant. Il vit alors quelque chose qui fit se dresser les poils de sa nuque : un visage blanc se glissa derrière un arbre à proximité.

Il eut juste le temps de voir que c'était une femme et elle se mit à courir.

— Hé ! cria Alex en démarrant derrière elle.

Elle était incroyablement rapide.

— Hé ! appela-t-il à nouveau, sautant par-dessus les taillis, évaluant le sol, les arbres et les branches à chacun de ses pas.

Peut-être était-elle impliquée, ou témoin, peut-être une fille ou une petite amie terrifiée. Elle devait avoir vu quelque chose. De temps à autre, Alex pouvait apercevoir, à la faveur de l'aube naissante, ici une jambe, là une manche flottante, à près de cent mètres maintenant. *Attrape-la. Attrape-la.*

Ils débouchèrent sur une autre clairière et elle fut exposée dans la lumière pâle. Cette fois, elle n'avait nulle part où aller — elle avait atteint des rochers qui lui coupaient toute issue et elle se retourna, frappant les rochers de ses mains derrière elle et faisant face à Alex.

Il s'arrêta en glissant et en profita pour l'observer plus en détail : des bottes blanches, une tunique blanche, des caleçons longs blancs, même une petite capuche blanche. Elle portait des gants blancs — non, pas des gants, c'étaient ses mains, aussi blanches que des os.

— Hé, dit Alex pour la troisième fois, avec moins de véhémence.

Son cerveau bourdonnait encore plus fort à présent, pilonnant l'intérieur de sa tête, derrière ses yeux et ses verres de contact, mais il ignora la sensation.

Elle était penchée en avant, la bouche à peine ouverte, les dents serrées. Ses yeux étaient si dilatés qu'ils brillaient. Elle le dévisageait sauvagement et il pensa un instant qu'elle avait été sérieusement traumatisée et en était restée abrutie.

Il dit avec précaution :

— Savez-vous ce qui…

Elle grondait à présent et, quand elle ouvrit la bouche, il vit que ses dents étaient énormes, blanches et aiguisées. Pas tout à fait des dents, non. C'étaient des crocs.

Alex sentit sa propre bouche s'ouvrir grand. Déjà il se retournait, cherchant son équilibre en amorçant un demi-tour et il se mit à courir tandis qu'elle bondissait dans son dos.

Ce n'était pas une fille, c'était quelque chose, pensa-t-il, n'en croyant toujours pas ses yeux. *Ce n'était pas une fille ; c'était une chose. C'est dingue. C'est dingue et c'est derrière toi !* Il la sentait toute proche tandis qu'il courait à travers les arbres. Il tentait de revenir sur ses pas. Il ne connaissait pas ces bois. Il avait seulement suivi un cri parce que c'était ce qu'il fallait faire et il n'avait pas la moindre idée…

Il avait les pieds en feu. *Ne te retourne pas, elle est toujours là, j'ai pris ce tournant — la route est par là.*

Il pouvait entendre la route, à quelques centaines de mètres. Le bruit de la circulation matinale lui parvenait. Alex s'orienta vers le son et perdit pied une seconde. Il tendit les bras pour tenter de reprendre son équilibre, mais en fit un peu trop et bascula.

Chute au ralenti. En tombant, il étudia le terrain. Son visage manqua de peu une longue branche d'arbre traînant par terre lorsqu'il s'écrasa sur le sol de la forêt. Alex attrapa la branche, la souleva tout en roulant et l'agita autour de lui au moment où la fille lui sautait dessus. Il fit tournoyer la branche de tous côtés, la toucha au genou et son élan l'envoya s'étaler plus loin.

Dès qu'elle toucha le sol, elle fit une culbute et se redressa. Il était encore en train d'essayer de se lever quand il vit les muscles tendus de la *chose* se bander sous le collant blanc et elle se jeta sur lui — ses ongles acérés l'attrapèrent aux épaules.

Alex sentit l'air jaillir de ses poumons tandis qu'elle le remettait à terre. Son esprit carburait. *Le monde ne va pas ralentir, mais ton esprit le peut. Que fais-tu ?*

Elle essaya de le coincer — toute proche à présent, son visage distant d'un bras, les épaules et les chaussures d'Alex s'enfonçant dans le sol de la forêt. Mais il ne se laisserait pas faire. Pas maintenant. Alex étendit ses deux jambes du même côté de celles de la fille et les entoura, les poussant latéralement. Elle perdit l'équilibre et tomba. Il roula, la rouant de coups de pied et elle fit alors une chose extraordinaire, fut-il obligé de reconnaître : alors qu'elle était dans les airs, elle se retourna comme un chat, *comme un chat effrayant*, et elle fut là à nouveau.

Alex comprit brutalement qu'elle n'était absolument pas l'un de ces agresseurs ou drogués de plage moyens auxquels ses cours d'auto-défense l'avaient préparé. Elle était autre chose. Et il y avait en lui autre chose qui s'était déclenché et qui savait s'y prendre avec elle.

La branche restée à terre fut à nouveau entre ses mains, la certitude conduisant ses actions aussi sûrement qu'elle l'avait fait quitter la route à la poursuite du cri.

En une fraction de seconde, en même temps qu'elle sautait, Alex tendit la branche devant lui et banda les muscles de ses bras. Il la sentit s'enfoncer dans sa poitrine au moment où elle atterrit.

Son visage afficha la surprise et la colère. Elle grondait, ses yeux blancs s'embrasant dans la pénombre, puis elle prit *feu*.

Un moment plus tard, elle tomba en poussières.

Alex donna des coups de pied et recula en crabe tandis que le nuage de poussière se déposait sur lui, atterrissant sur son pantalon et son t-shirt. Il se mit debout en secouant la tête : *Non, non, non. Cela n'arrive pas.*

Il courut vers la route, sortit des bois en chancelant, hébété, et s'effondra sur l'asphalte.

Un camion semi-remorque fit une embardée, le manquant de peu. Alors qu'Alex se levait, le regard toujours fixé sur les bois, il s'aperçut que le chauffeur l'invectivait en français.

Le chauffeur cessa de crier quand il détailla l'apparence d'Alex — pantalon déchiré et couvert de boue, écorchures et entailles faites par les arbres. Alex demanda avec des gestes : *Pouvez-vous m'emmener ?* alors même qu'il grimpait sur la remorque et sautait dans le camion.

— Où dois-tu te rendre ? demanda le chauffeur en français.

— À mon école, répondit Alex dans son français balbutiant. Euh, Glenarvon. L'Académie Glenarvon.

Il regarda les bois défiler sur les cinq cents mètres qui le séparaient des portes de l'école, ne cessant de se répéter, *Ces choses-là n'arrivent pas. Cela n'est pas arrivé.*

Chapitre 2

Une heure et demie plus tard. Alex était dans le bureau du directeur, vêtu d'un pantalon et d'une chemise propres. Son esprit nageait toujours en plein cauchemar — non, en pleine *chose* qui était arrivée — et ce n'était même pas ce qui l'avait conduit là. Il allait devoir digérer ce qui s'était produit dans les bois, et pour le moment, il n'en avait pas le temps.

— Je veux une nouvelle chambre, dit Alex d'un ton péremptoire.

Voilà. Il l'avait dit, après avoir rassemblé le courage suffisant pour parcourir le long couloir, ses chaussures de ville claquant sur le sol en marbre. Il s'était répété son petit discours à chacun de ses pas. Il savait ce qu'il devait dire. Et à la dernière seconde il l'avait modifié.

— Je... Je veux dire, j'ai besoin... Je pense que j'ai besoin d'une nouvelle chambre.

Alex se tortilla tandis que la femme assise au bureau — enveloppée dans un châle comme si l'antichambre du bureau du directeur n'était pas suffisamment chaude et douillette — le dévisageait derrière ses lunettes. Mme Hostache, se souvint-il en lisant la petite plaque posée sur son bureau parfaitement ordonné. À côté de la plaque, se trouvait un vase-bouteille dans lequel était disposée une fleur blanche qu'il ne reconnut pas.

Mme Hostache se racla la gorge. Derrière elle, à sa droite, une porte donnait sur le bureau du directeur. Pardessus son épaule gauche, Alex vit une grande fenêtre offrant une vue qu'on aurait cru sortie d'une peinture : le parc boisé de l'Académie Glenarvon et, au-delà, les eaux du lac Léman, froid et gris dans l'automne naissant. Il se plongea dans la vue pendant une seconde, dans l'attente d'une réponse. Il s'y était mal pris. *Laissez-moi sortir et recommencer*, pensa-t-il.

— Quel est votre nom, déjà ?

Mme Hostache lui lança un coup d'œil à travers ses immenses lunettes à monture bleue qui menaçaient de cacher son visage.

— Alex. Alex Van Helsing.

Mme Hostache se pencha en avant, le menton dans la main, semblant presque amusée. Quelques mèches grises parsemaient ses cheveux bruns tirés en un chignon serré. Elle mâchonna sa lèvre.

— Ne venez-vous pas tout juste d'arriver ?

Alex opina.

— Oui, je… je suis là depuis deux jours.

Donc, elle se souvenait, songea-t-il avec soulagement. Le trimestre était déjà commencé depuis deux semaines quand il était arrivé, envoyé là subitement par ses parents parce qu'ils n'avaient pas su quoi faire après l'incident de Frayling Prep. Il était maintenant dans une nouvelle école, un nouveau pavillon. Une nouvelle chambre.

— Alors, quel est le problème, Alex ?

— Je…

Alex réfléchit une seconde. Il avait trouvé une souris morte dans son lit. Il n'avait pas peur des souris, mais il fallait reconnaître que c'était plutôt dégoûtant. Il était d'autant plus troublé qu'il ne s'était pas réveillé avec, non pas que dormir avec une souris eut été mieux. Non, il s'était réveillé vers quatre heures du matin et s'était aperçu que son réveil était débranché. Ses camarades de chambre, les frères Merrill, ou Merrill & Merrill, comme les appelaient les autres étudiants, faisaient semblant de dormir.

En ayant marre d'être là avec eux, Alex s'était levé et nettoyé le visage. Il s'était habillé et avait failli abandonner l'idée de mettre ses verres, les maudits – il avait dû s'y prendre à trois reprises avant de mettre le droit –, puis était sorti en silence de l'école, marcher dans l'obscurité. Il en avait assez d'eux.

Puis il y avait eu le cauchemar dans les bois. Il pouvait encore ressentir la férocité de l'attaque de la fille en blanc. Il était revenu à moitié en état de choc et avait découvert la souris, petite, fragile, et morte, sur son oreiller.

Sortant tout juste du traumatisme de l'attaque, il avait eu envie de vomir. Il avait encore envie de vomir en pensant à la souris, ses petits yeux fermés, ce petit corps auquel quelqu'un avait enlevé la vie juste pour faire une farce. Il était plus horrifié par Merrill & Merrill que par le cauchemar des bois ; il venait d'être confronté à quelque chose qui *n'arrivait pas*, pour employer les mots de son père, et il avait découvert en rentrant qu'il y avait aussi des monstres dans sa chambre : ses camarades de chambre. Après avoir passé deux jours à pratiquer des blagues stupides du genre réveil arrêté, dentifrice dans ses chaussures et colle dans ses livres, ils semblaient à présent devenir sadiques.

— J'ai trouvé...

Attends. Fais attention, Alex. Il réfléchit à la meilleure façon d'avancer ses pions tout en fixant les yeux immenses et légèrement amusés de Mme Hostache. S'il lui racontait l'histoire, cela déclencherait probablement une sorte d'enquête ou quoi que ce soit d'autre qu'on fasse normalement ici dans un cas semblable. Il s'imagina les frères Merrill, Steven et Bill, les yeux pleins de bonté et la bouche cruelle, avouant ou non, et cela importerait peu, parce qu'on retiendrait qu'Alex, trois jours après son arrivée, avait été à l'origine d'un grave incident disciplinaire. Il pouvait même être pris dedans ; les frères étaient capables de tourner l'affaire à leur avantage. Tout le monde entendrait, regarderait.

— J'ai découvert que je ronflais, dit-il en hâte. Et cela dérange Merrill et Merrill — enfin, les frères Merrill. Je pense qu'ils apprécieraient si...

— Qu'y a-t-il ? fit la voix du directeur, Otranto, debout devant la porte ouverte de son bureau.

Otranto était un homme âgé, large d'épaules, un Italien avec une moustache soigneusement taillée, portant un pardessus. Il allait sortir.

— Oh, vous avez un message.

Mme Hostache se leva et tendit un morceau de papier à Otranto. Elle tourna le dos à Alex et celui-ci essaya d'entendre ce qu'elle et Otranto chuchotaient.

— Dans les bois... nous ont demandé d'être vigilants.

Alex comprit. Étaient-ils au courant de ce qui lui était arrivé dans les bois ce matin ? S'était-il fourré dans quelque chose de plus important qu'il ne pensait ?

Mais non. Otranto fronça les sourcils, hocha la tête puis changea de sujet.

– Y a-t-il un problème avec celui-ci ?

Otranto regarda Alex de haut en bas, comme s'il feuilletait brièvement les dossiers dans sa tête.

– Le jeune Van Helsing pense qu'il aimerait une nouvelle paire de camarades de chambre.

Alex se sentit rougir. Otranto avait vu son dossier et était au courant de tout ce qui s'était passé dans son ancienne école. Dès le premier jour d'Alex, Otranto lui avait fait un long sermon.

– Ce qui s'est passé avant ne me préoccupe pas, jeune homme, lui avait-il dit. Mais c'est un signe, le signe d'une force de caractère, dirons-nous. Et cette force se doit de n'être qu'une trace et non une cicatrice.

Ce qui était une façon étrangement charmante de dire que cela le préoccupait *au plus haut point*.

– Que s'est-il passé ? demanda Otranto.

– Rien, c'est juste… Nous sommes différents.

– Et vous êtes certain, monsieur, que vous ne cherchez pas ces différences ?

Alex le regarda fixement, cligna des yeux. Que répondre à ça ?

Son verre de contact droit ne le lâchait pas ; il se demanda s'il ne l'avait pas mis à l'envers, ce qui signifiait qu'il n'aurait pas la paix tant qu'il ne l'aurait pas enlevé et remis.

— Je n'ai pas cherché…, dit-il. Je pense seulement que nous avons choisi un peu vite mon affectation et je me disais que je pourrais être mieux assorti, en quelque sorte.

— Assorti ? *Nous* avons choisi ?

Otranto répéta la phrase, insistant sur sa témérité.

Alex baissa les yeux.

— Je pense que nous devrions…

— Je pense que vous devriez aller en classe, dit le directeur. Et *nous* ne nous priverons pas de votre consultation éclairée à l'avenir.

Alex poussa un profond soupir.

Il sortit dans le couloir, la tête basse. Le premier cours était déjà commencé. L'année s'annonçait bien.

Avec l'impression d'être lui-même une souris, Alex entra dans la classe de son premier cours. C'était un cours de littérature et M. Sangster, un professeur d'une trentaine d'années aux cheveux courts légèrement bouclés, griffonnait sur le tableau noir. Alex examina la pièce et trouva son bureau, pas très loin du fond. Glenarvon était une école de garçons, ce fut donc une horde plutôt mielleuse, sarcastique et hostile qui le suivit des yeux. Ils représentaient un assortiment d'élite. Des fils de diplomates, d'aristocrates et de barons du pétrole côtoyaient les enfants de cadres supérieurs d'entreprises du monde entier.

Et puis il y avait Alex, loin d'être défavorisé, fils de bonne famille, mais dont la richesse était bien moindre. À l'inverse des autres, il n'était pas là pour établir des relations qui dureraient une vie. Il était là parce qu'il avait été expulsé de son ancienne école pour quelque chose qui continuait à le hanter, et envoyé là par son père, qui avait étouffé toute l'affaire et dit à Alex de tout oublier. Mais comment le pourrait-il ? Alex était encore aux prises avec sa culpabilité.

Il passa lentement à côté de deux garçons avec qui il avait déjà fait connaissance – Paul, un Anglais costaud et amical, qui semblait s'être casé à grand-peine sur sa chaise, et Sid, le camarade de chambre de Paul, un Canadien dégingandé à la chevelure rousse hirsute. Alex s'était senti des atomes crochus avec les deux, rencontrés au cours du déjeuner le premier jour, même si la conversation n'était pas allée beaucoup plus loin que leur amusement relatif au nom de famille « exotique » d'Alex – qui ne l'était vraiment pas, avait-il insisté.

Alex s'arrêta à son bureau et sentit sur lui les yeux de Bill Merrill, assis sur le siège juste à côté. Le frère de Bill, Steven, était de l'autre côté de Bill. Alex jeta un coup d'œil ; Bill arborait un petit sourire satisfait, sourire dont Alex avait pu constater qu'il savait charmer les professeurs qui ne voyaient rien de la cruauté qu'il dissimulait. Alex posa son sac à dos sur le bureau.

Sid regarda Alex qui tirait sa chaise.

– Où étais-tu ?

Alex haussa les épaules.

– Chez Otranto.

Il commença à s'asseoir.

Il s'aperçut qu'il n'y avait plus de chaise. Il tomba en un instant, ses bras battant l'air – et Alex sentit une main, sortie de nulle part, l'attraper par le col.

Il leva les yeux, déconcerté. Là, retenant tout le poids d'Alex avec un seul bras, se tenait M. Sangster.

Comment le professeur s'était-il déplacé aussi rapidement ? Était-il déjà en train de faire le tour de la classe quand Sid avait parlé à Alex en chuchotant ?

– Vous devriez être plus prudent.

M. Sangster avait des rides autour des yeux qui lui donnaient l'air à la fois fâché et heureux. Alex se remit sur ses pieds et M. Sangster repartit.

Toute la classe regarda Alex attraper sa chaise et s'asseoir, les yeux fixés sur son bureau. Pourquoi cela lui arrivait-il à lui ? Qu'avait-il fait ? Puis il se souvint et le rouge de la honte revint et fut à nouveau ravalé.

Dans le même temps, une bouffée de colère froide monta en Alex qui regardait Merrill & Merrill. Bill avait enlevé la chaise. Alex en était certain.

M. Sangster se déplaça vers le devant de la classe. Comme Alex, et contrairement à la plupart des étudiants venus d'Europe, d'Asie ou du Moyen-Orient, M. Sangster était Américain.

– Je crois que, avant les acrobaties du jeune Van Helsing, nous parlions de *Frankenstein*.

Alex sortit de son sac un cahier et un exemplaire fatigué de *Frankenstein*. M. Sangster leur avait dit qu'il était expert en littérature romantique et victorienne, et qu'il avait l'intention d'étudier *Frankenstein* pendant plusieurs semaines.

– Alors, dit M. Sangster, quelle sorte d'histoires racontait le groupe de la Villa Diodati ?

– Des histoires de vampires, murmura Sid à Alex.

Alex regarda Sid.

– Dis-le, chuchota-t-il.

Sid secoua la tête. Apparemment, Sid était fan de vampires. Il avait été *ravi* d'entendre que le nom d'Alex était Van Helsing, même si celui-ci ne signifiait vraiment rien.

Bill entendit Sid et dit à haute voix :

— Des histoires de vampires.

— Euh, dit M. Sangster. Pas vraiment. Mais pas loin. Qu'écrivaient-ils ?

Bill lança un regard accusateur à Sid.

— Espèce d'abruti, tu m'as donné la mauvaise réponse, dit-il dans un souffle.

Sid réagit comme si on l'avait frappé. Il murmura :

— Je te jure... *Deux* d'entre eux *écrivaient* des histoires de vampires.

M. Sangster regarda vers le fond.

— Voulez-vous ajouter quelque chose ? Sid ?

Sid resta un instant interdit d'être mis en avant et fit traîner ses doigts sur son bureau. Au bout d'un moment, il réussit à se lancer :

— Polidori et Byron écrivaient des histoires de vampires.

Sid avait nommé deux des personnes qui faisaient partie du groupe dont le professeur allait parler.

M. Sangster haussa les épaules.

— Eh bien, ce n'est pas ce que dit Mary Shelley.

Ils étaient en train de parler de l'introduction du livre. Même pas du livre. L'introduction dans laquelle Mary Shelley évoquait la façon dont *l'idée* du livre lui était venue. Alex calcula la longueur du *Frankenstein* de Shelley et estima qu'à cette allure, ils y seraient encore quand il partirait pour l'université.

— Des histoires de fantômes, suggéra Bill. Des histoires effrayantes.

— En effet, dit M. Sangster.

Il pointa du doigt les arbres du parc, à travers la fenêtre.

— En 1816, juste de l'autre côté de ce lac, dans une charmante villa louée par le célèbre poète Lord Byron, un petit groupe décida de passer le temps en racontant des histoires de fantômes — c'est en tout cas ce que raconte Mary Shelley.

Sangster leva les yeux vers le tableau sur lequel il avait écrit des mots clés et des noms.

— Le groupe présent à la Villa Diodati cet été-là — l'été hanté — se composait de cinq écrivains : Lord Byron et Percy Bysshe Shelley, qui étaient déjà assez célèbres ; deux jeunes écrivaines, Mary Godwin (qui allait bientôt devenir Shelley) et sa demi-sœur Claire — que Mary n'appréciait tellement pas qu'elle ne fit même pas état de sa présence ; et Polidori, un ami médecin de Byron, qui écrivait des nouvelles. Et ils s'ennuyaient à mourir car, bien que ce fût l'été, une éruption volcanique massive en Asie avait plombé le ciel et causé un temps pluvieux et froid partout. Alors, Lord Byron leur lança un défi : Écrire l'histoire la plus effrayante, la plus terrifiante qu'ils pouvaient. Mary rapporte que les écrivains célèbres écrivirent une histoire mineure et que M. Polidori, et c'est amusant, eut « l'idée terrible d'une dame à tête de crâne ainsi punie pour avoir regardé à travers un trou de serrure — pour voir quoi, j'ai oublié — quelque chose de très choquant et de très répréhensible[1]. »

1. N.d.T. Citation reprise dans : Shelley, Mary W. *Frankenstein*, traduction de Joe Ceurvorst, Paris, Le Livre de Poche, 2009.

M. Sangster reporta son regard sur les noms.

— Et puis, ils ont… laissé tomber.

— Peut-être était-ce l'histoire de la femme à la tête de mort, dit Bill. On dirait que Polidori était un incapable.

La classe rit. Bill savait amuser les foules.

— Oui, dit M. Sangster doucement. On dirait bien.

Puis M. Sangster se tourna vers la classe.

— Mais il sortit une graine du défi de Byron — et cette graine germa dans l'imagination fantasque des dix-neuf ans de Mary pour devenir l'un des livres les plus *résilients* de l'histoire du langage. Celui-ci. *Frankenstein.*

Il sourit.

Alex osa lever la main.

— Pas l'un des meilleurs ?

— On verra. Mais ça s'est passé là. Juste là, dans la Villa Diodati. Vous apprécierez tous un tel honneur, pouvoir le lire à côté de l'endroit où il a germé.

La sonnerie retentit.

— On commence demain, dit M. Sangster, et la classe se vida.

Alex voulut aller s'excuser pour son retard, mais M. Sangster avait déjà le nez dans un cahier sur lequel il griffonnait. À la porte, Sid demanda :

— Qu'est-ce qu'il y a eu avec Bill ?

Alex regarda Paul et Sid et ajusta son sac à dos sur une épaule. Il ne les connaissait pas si bien, mais il avait désespérément besoin d'amis.

— Vous n'allez pas *croire* ce qui est arrivé, dit Alex.

Une main s'abattit sur son épaule et Alex pensa, l'espace d'un instant, que M. Sangster le tirait d'un coup sec à nouveau, mais c'était Bill.

— Tu devrais être plus prudent, lui dit le garçon en souriant, son frère ricanant à ses côtés.

— Alors, Van *Helsing.* As-tu tué quelques *monstres* dernièrement ?

Bill cracha les syllabes avec dégoût.

Bon, le nom d'Alex était Van Helsing. *D'accord, tout le monde a compris.* Comme *ce* Van Helsing, le chasseur de vampires de *Dracula.* Mais le père d'Alex était professeur et sa mère était artiste. La seule signification qu'avait son nom pour lui venait des lettres ornant le rapport annuel de la Fondation Van Helsing que son père dirigeait. Le nom avait une certaine renommée parmi les cercles philanthropiques et, à l'occasion, servait de commanditaire pour des programmes de radio publique qu'il n'écoutait jamais. Pas de pieux en bois, aucun démon ni vampire.

Pas un seul, jamais.

— Ce n'est pas ainsi que cela se passe, lui avait dit son père une fois. Ces choses n'ont jamais existé.

Et ils n'en avaient plus parlé. Mais bien sûr, maintenant, Alex était certain que son père s'était trompé. Ou alors c'était lui qui devenait fou.

Ce qui était possible. Il s'était senti entièrement et merveilleusement normal jusque très récemment, lors de son retour à Frayling Prep aux États-Unis. De courts accès de douleur confuse derrière les yeux, une sensation qu'il ne pouvait décrire que comme *une pression,* étaient apparus par intermittence, puis ils s'étaient développés, inégaux et bourdonnants. Alex était devenu légèrement paranoïaque. Puis avait eu lieu l'incident qui l'avait fait renvoyer. Et maintenant, il était là. Il ne dirait rien de tout cela à Bill Merrill.

Alex se tourna vers Bill. Il ne pouvait pas laisser passer l'histoire de la souris, qu'il ait une autre chambre ou pas. Alex parla à voix basse, car la porte était encore entrouverte et Sangster juste derrière.

– Je sais ce que vous avez fait.

– Ah ? dit Bill.

Son frère écoutait en silence. Alex avait passé deux nuits dans la même chambre qu'eux et il n'avait pas entendu Steven prononcer dix mots. Ces deux-là ne voulaient assurément pas de lui dans leur chambre, mais ils n'allaient pas le reconnaître ni le dire ; ils devaient lui rendre la vie misérable.

– Et toi, qu'est-ce que *tu* as fait, hein ?

Alex remarqua que Sid et Paul regardaient attentivement, ainsi que d'autres garçons passant par là. Bill se rapprocha :

– Qu'est-ce que tu as fait pour te faire renvoyer de ton école précédente ? Tu as mis le feu ? Volé quelque chose ? Je parie que c'est ça.

Paul déplaça sa masse imposante.

– Viens, dit l'Anglais à Alex. Partons.

Alex visionna la scène, ses yeux clignant à nouveau. Bill portait nonchalamment son sac à dos sur l'épaule, un modèle coûteux doté d'un nombre incalculable de cordons et de boucles qui pendaient.

Alex secoua la tête.

– Nous n'avons pas à faire ça, dit-il.

– Nous n'avons pas à faire ça *ici*, dit Bill. Plus tard ?

– Secheron, murmura Steven.

– Ouais, dit Bill. Bonne idée, Steve.

– Wouah, dit Alex à propos de Steven. Il parle.

— Secheron, répéta Bill, qui parlait d'un petit village à proximité.

Alex avait entendu dire qu'on y trouvait des cafés, des boutiques de curiosités et des crèmes glacées. Tout cela semblait charmant.

— Après l'école.

Steven leva un sourcil. Pour la première fois, Alex eut l'impression qu'il fallait se méfier de l'eau qui dort.

— Football.

— Ah, oui.

Bill s'entretint avec son frère, décontracté, tel un homme d'affaires.

— L'entraînement. Tu crois…

Tandis qu'ils discutaient du meilleur moment pour mettre une rouste sans pitié à Alex et comment celle-ci pouvait s'accorder avec leur programme de soccer en semaine, ils ressemblaient vraiment à Merrill & Merrill, cabinet d'avocats. Ils se mirent d'accord et Bill se retourna.

— Vendredi. Après-demain. Secheron.

Paul dit :

— Oh, vous allez vous *battre* à Secheron ? Où ça, à la crémerie ?

Paul se retourna vers Alex.

— Viens, répéta-t-il.

— Parfait, dit Alex avec un sentiment d'épuisement. Secheron.

Il se frotta l'œil droit, sentant un certain soulagement en appuyant dessus. Sa vision s'éclaircissant, ses yeux se posèrent sur les cordons qui pendaient du sac de Bill.

Les garçons se mirent tous en route.

Bill Merrill fut tout à coup mystérieusement tiré en arrière et sa tête tapa contre le jambage de la porte. Il poussa un cri perçant.

– Hé!

Comme ils descendaient rapidement le couloir, Alex sourit.

Sid dit :

– Qu'est-ce que… ?

Alex haussa les épaules. Il ne lui avait fallu que quelques secondes pour nouer l'un des cordons du sac de Bill aux gonds de la porte juste avant de partir.

– Je suis beaucoup plus qu'une simple souris, murmura Alex.

Chapitre 3

Dès qu'Alex était entré le premier soir, il avait compris la situation à la façon dont Merrill & Merrill s'étaient installés. Bill se tenait à la façon d'un gardien mécontent et Steven était appuyé contre une étagère, les yeux au sol. Ils voulaient une chambre à trois places pour eux deux. Pendant les premières semaines bénies du trimestre, les frères avaient eu de la chance. Peu importe comment le sort avait échoué à remplir leur chambre, ils s'étaient habitués à un tel luxe, empilant leurs DVD, magazines et livres sur le troisième lit. Et puis Alex était arrivé pour perturber leur paradis.

Il avait déjà appris à rester hors de la chambre le plus longtemps possible. L'abandonnant aux Merrill. Les laissant étudier ou non, regarder des films sur le lecteur portable de Bill ou non, mais surtout, n'y revenant que lorsqu'il était l'heure pour tout le monde de se coucher.

Ce soir, il allait investir la bibliothèque. L'école était silencieuse le soir et le groupe le plus nombreux qu'il vit en passant dans les couloirs était rassemblé dans le salon des étudiants pour regarder les informations régionales sur une grande télé. Alex s'attarda une seconde sur le seuil, se remémorant ce que Mme Hostache avait vraisemblablement chuchoté au directeur. Un peintre de bateaux avait été assassiné dans les bois, c'était la troisième attaque apparemment fortuite au cours du mois passé.

C'était le peintre mort qu'il avait lui-même vu. Il sentit une pointe de remords de ne pas l'avoir fait savoir, mais jamais il n'aurait su comment décrire ce qu'il avait vu – et ce qu'il avait fait. *Comment puis-je expliquer que j'ai empalé quelqu'un avec une branche d'arbre – sans me donner la peine de chercher le corps ?* Il chassa cette idée. Maintenant l'incident dérivait vers le passé, dans ce qu'il devait bien s'avouer être une mer de déni, et qui lui avait permis de passer la journée sans penser à la fille avec ces yeux et ces crocs ni, ah oui, au nuage de poussière. Allez. Peut-être cela avait-il été une illusion – une sorte de canular. Cela ne pouvait simplement, absolument, pas être ce qu'il craignait que ce fût. *Comme l'a dit papa, « Ces choses n'arrivent pas. »*

En soi, le meurtre du peintre était loin d'être exceptionnel. Alex avait entendu dire que des gens disparaissaient dans les environs, pas constamment, mais de façon régulière. Pour sa part, il était certain que c'était sans doute vrai, mais pas plus qu'autour de n'importe quel autre grand lac. Maintenant, il était perdu. Il en savait trop, mais sans avoir aucune explication.

Chouette endroit où m'envoyer papa !

La sagesse à présent dispensée à la télé recommandait à chacun d'être extrêmement prudent à la nuit tombée. C'était un conseil avisé.

Alex trouva une table inoccupée dans un coin de la bibliothèque, dont les murs aux lambris sombres étaient couverts d'étagères, et sortit ses livres. Il se plongea en premier dans *Frankenstein*, lut l'introduction et entama le roman, tentant de s'immerger dans la prose de Mary Shelley.

Ses yeux étaient fatigués. Au bout d'un moment, il interrompit sa lecture, tendit la main vers son sac et en sortit son étui à verres de contact, une bouteille de nettoyant et ses lunettes. Il débuta délicatement le processus qu'il n'avait appris que récemment, maintenant l'œil ouvert à l'aide de ses doigts et pinçant le verre pour le retirer du globe oculaire.

– C'est trop bizarre, avait dit sa petite sœur en le voyant opérer pour la première fois cet été, quand il les avait eues.

– Il n'y a rien de normal au fait de toucher son propre œil.

C'était vrai. Mettre les verres de contact était un cauchemar, les enlever défiait tout instinct voulant que l'on ne *touche pas à son propre œil*. Il dut se saisir du gauche, celui avec lequel il était à l'aise, à deux ou trois reprises avant que son pouce et son index fassent levier et qu'il sente le verre se décoller de son œil, maintenant rouge d'irritation.

Alex enferma les verres de contact dans leur minuscule étui et mit ses lunettes, se sentant beaucoup plus jeune. Les verres ne servaient-ils pas réellement à cela après tout ? C'était juste un garçon à lunettes, et puis sa mère avait proposé de lui prendre ces trucs. Étonnamment, il semblait plus âgé lorsqu'il les portait, et, pour la première fois de sa vie, il avait eu une vision périphérique. Mais voir une porte avant de s'y cogner méritait-il de s'infliger cette punition qui consistait à se mettre volontairement le doigt dans l'œil ?

— Je ne savais pas que tu portais des verres de contact.

Sid se laissa tomber sur le siège en face de lui. Il avait avec lui un énorme livre noir et rouge, intitulé *Une encyclopédie des vampires*, et une petite pile de magazines et d'ouvrages de référence couvrant, vit Alex, toute la gamme, depuis l'horreur jusqu'à la mythologie en passant par le surnaturel et enchaînant, comme en une sorte de solidarité asociale, sur la science-fiction et le fantastique. Il n'avait apparemment aucun matériel relatif à l'école.

— Eh bien, je ne suis là que depuis trois jours, dit Alex.

— Est-ce douloureux de toucher son œil comme ça ?

— Oui, dit Alex avec regret.

— Pourquoi le fais-tu ?

— Je n'en ai aucune idée.

— De quoi parlez-vous ? dit Paul en se joignant à eux.

Il avait également son exemplaire de *Frankenstein* avec lui, mais il le lâcha quand il s'assit et commença à feuilleter les magazines de Sid.

— As-tu un *Cinescape* ?

— Est-ce qu'on publie encore *Cinescape* ? dit Sid avec un sourire en coin.

Il ouvrit son énorme encyclopédie et Alex vit plusieurs feuilles de papier quadrillé à l'intérieur. Chacune d'elles était divisée en quatre parties et présentait l'histoire complète d'un personnage. Alex regarda de plus près : un dessin, un nom et plusieurs indications comme l'âge, la taille, le poids, ainsi que des paragraphes sur son histoire, ses pouvoirs, ses capacités. Sid en sélectionna deux et dit :

– Je demandais à Alex pourquoi il porte des verres de contact s'il déteste se mettre le doigt dans l'œil.

– Pour les filles, mon pote, pour les filles, dit Paul.

Il regarda autour de lui.

– Attends…

– Je ne les porte pas pour attirer des filles.

– Bon, alors, tu ne seras pas déçu.

Paul regarda les papiers quadrillés de Sid et prit une feuille, qu'il agita en direction d'Alex :

– Peux-tu croire ça ? Regarde ce papier.

– Qu'est-ce que c'est ?

– Un personnage.

Sid récupéra la feuille.

– Il passe des heures – des foutues heures, chaque jour – à dessiner des personnages. Et pas de simples personnages, des personnages de vampires. Pour le Red World.

– Le Scarlet World, rectifia Sid, agacé. C'est un JdR.

Alex savait vaguement de quoi il parlait : un jeu de rôle, à l'ancienne, avec papiers et dés.

– *Scarlet* World, rectifia Paul. En fait, il n'y a personne d'autre ici qui joue à ce jeu, il ne peut donc pas interpréter ces personnages, il en crée juste d'autres. Chacun a une race…

— Une classe, dit Sid.

— Pardon, une *classe.* Les vampires intelligents, les vampires débiles, les vampires zombies. Celui-ci un est un vampire rat je crois.

Il brandit un personnage.

— Celui-là serait plutôt un *Nosferatu,* dit Sid. Vous savez, comme dans le film muet *Nosferatu.* Et il attire la vermine, Paul en sait donc apparemment plus qu'il ne laisse paraître.

— Quel est celui-ci ?

Alex indiquait l'un de ceux que Sid était en train de dessiner, un grand vampire avec des yeux bridés.

— C'est un *dhampyr,* dit Sid, tout excité. Il est à moitié vampire, tu sais, avec une mère humaine et un père vampire. Comme dans *Vampire Hunter D.*

— Qu'est-ce que c'est ? demanda Alex.

— C'est un manga. C'est fantastique.

Alex était sidéré par l'importance du passe-temps de Sid.

— Tu étais dans ton élément en classe aujourd'hui, dit-il.

Paul adressa un sourire où perçait une certaine fierté à son camarade de chambre :

— Il pourrait *faire* le cours lui-même.

Sid fit comme s'il n'avait pas entendu, puis il soupira.

— Au fait, M. Sangster avait tort, finit-il par dire.

— À quel sujet ? demanda Alex avec curiosité.

— Byron et Polidori ont bien écrit sur les vampires, dit Sid. Mary ment, c'est tout. Tout cette histoire à propos de Polidori écrivant une histoire que personne n'aime au sujet d'une femme à tête de mort qui regarde par un trou de serrure ? C'est stupide. Vous pouvez vérifier, vous ne trouverez rien. Mary a mis ça dans son introduction – seize ans après l'Été hanté – pour faire passer Polidori pour un idiot.

– Tu vois ? dit Paul. Écoute-le. On dirait que ce sont des amis à lui.

Sid baissa les yeux en riant, petit, maigre et penaud. Alex se demanda un instant si Sid s'en fichait de se faire mettre en boîte.

Paul conclut :

– Comment je me suis retrouvé à traîner avec un tel intello, c'est un mystère.

– C'est toi qui lis ses magazines sur l'espace, dit Alex en souriant.

– C'est vrai.

Paul recula dans sa chaise, faisant craquer le dossier en bois sous son poids. Il garda le magazine ouvert, mais regarda Alex.

– Alors, comment diable t'es-tu retrouvé à partager la chambre de Merrill & Merrill ?

Alex secoua la tête.

– Par pur hasard.

Sid était en train de travailler sur un de ses personnages, un jeune vampire punk avec des yeux de chiot et des vêtements noirs branchés.

– Que vas-tu faire pour Secheron… Tu vas y aller ?

Sid parlait sans lever les yeux de son dessin. La seule idée d'une bagarre semblait le rendre nerveux.

— Si je vais y *aller* ? On dirait une invitation à une soirée dansante.

Alex sentit une vague de tristesse et un sentiment d'échec l'accabler, comme s'il était pris dans le cours d'une rivière dévalant de son ancienne école jusqu'ici.

— Je ne peux pas *ne pas* y aller, dit-il finalement. Je ne peux pas. Ça ferait…

— Poule mouillée, dit Paul.

— Donc, je dois y aller. Je vais me pointer et voir ce qui se passe.

— Tu sais te battre ? dit Paul en se penchant en avant.

— Pas vraiment, mentit Alex. Et toi ?

— Tu plaisantes, dit le garçon géant. J'ai la taille d'une maison, personne ne me cherche jamais.

Alex soupira.

— Est-ce que ça va être très difficile ?

— C'est une bonne question, dit Paul en se tournant vers Sid. Après tout, pourquoi les Merrill sauraient-ils mieux se battre ?

Alex dut reconnaître que cela pouvait être vrai ; les manœuvres d'intimidation des Merrill pouvaient être une façon élaborée de cacher leur lâcheté. Mais d'une certaine façon, étant donné le penchant pour la violence qu'ils avaient montré jusqu'ici, il en doutait.

— Ils sont mauvais, dit Sid comme s'il lisait dans les pensées d'Alex. Ils sont capables de faire mal, que ce soit de façon orthodoxe ou pas.

Alex feuilleta son livre comme un folioscope et le referma d'un coup sec.

— Ouh, les gars, à la revoyure.

Paul rit.

— « À la revoyure » et « soirée dansante » en deux minutes. Est-ce la façon dont parlent tous les Américains, comme dans un vieux film ?

Sid leva les yeux.

— Peut-être que c'est un extraterrestre qui a appris à ressembler à un enfant en regardant des vieux films.

— Si j'étais un extraterrestre, je saurais sans doute me battre, dit Alex.

— Si tu étais un extraterrestre, contesta Paul, tu ne nous le dirais pas si tu savais te battre — autrement, tu n'irais pas à Secheron.

Alex s'adossa à sa chaise.

— Vous voulez venir, les gars ?

Sid et Paul se consultèrent en silence. Finalement, Paul dit :

— Vendredi à Secheron, une bagarre et de la crème glacée ? Nous ne raterions cela pour rien au monde.

Quand Alex revint dans sa chambre pour le couvre-feu, il était 22 h et les deux Merrill étaient éveillés dans leur lit, le regardant depuis le lit superposé qu'ils partageaient — Steven en haut et Bill en bas. Dans la chambre obscure, la seule lueur provenant du clair de lune à travers la fenêtre, ils regardaient en silence Alex débarrasser les piles de DVD et de livres qu'ils avaient encore une fois entreposés sur son lit. Ils le suivirent des yeux dans la salle de bain dont il referma la porte, avant de revenir et de s'affaler dans son lit. Au bout d'un moment, Alex sentit la tension décroître. Il resta éveillé jusqu'à ce qu'il soit sûr qu'ils dormaient profondément, puis il sombra dans le sommeil à son tour.

À une heure et demie, Alex se réveilla en sursaut. Il pouvait encore visualiser les vestiges d'un rêve dans lequel son père secouait tristement la tête en sortant de la réunion qui avait formellement entériné la fin de la carrière d'Alex dans son ancienne école. Alex resta étendu, les yeux au plafond.

Il faisait beau et chaud dans son rêve. Il avait pleuré, sincèrement pleuré, souhaitant sentir la main de son père sur son épaule. Et puis il avait eu très froid — et c'est ce qui l'avait réveillé.

Les Merrill étaient habitués à l'automne suisse et avaient probablement réglé la climatisation au maximum pour l'importuner, puisque, bien réveillé à présent, il pouvait voir sa propre respiration dans le clair de lune. Il n'avait qu'une couverture et il vit que les Merrill s'étaient emmitouflés pour l'occasion. C'était vraiment mesquin. Il se demanda ce qu'ils avaient bien pu faire des couvertures supplémentaires et les différentes options le firent frissonner.

C'est alors qu'il la sentit — cette pression, en dents de scie, derrière ses yeux, une petite voix inintelligible qui l'appelait.

Ce fut cette sensation, plus que le bruit de grattement à la fenêtre, qui le fit écarquiller les yeux vers l'autre côté de la pièce.

Là, à la fenêtre, à plus de douze mètres du sol, quelqu'un le regardait.

Chapitre 4

Alex sortit de son lit, les bras et les jambes tendus, tout en regardant la fenêtre de façon floue, presque inutile. La forme qui se tenait là était blanchâtre, fantomatique et semblait osciller, les bras déployés comme une araignée. Mais bien plus que tout cela, elle était à l'envers.

Alex attrapa ses lunettes, qu'il gardait sous son lit, à côté de ses chaussures. Après les avoir mises sur son nez, il vit la forme plus clairement — une capuche qui pendait, les bras bien agrippés au bord de la fenêtre.

Il pouvait voir ses yeux. C'était la fille de la forêt. Non, ce n'était pas possible. C'en était une autre, avec des cheveux jaunes. Elle le regardait.

Alex jeta un coup d'œil à Merrill & Merrill, qui dormaient toujours. Il se précipita vers la porte. Pieds nus, Alex parcourut rapidement le couloir, trouvant d'instinct le chemin vers l'escalier tout proche menant à une porte de sortie. Il savait qu'à partir du moment où il ouvrirait la porte, il enfreindrait toutes sortes de règles.

Tant pis.

Alex ouvrit la porte sur la nuit et fut transpercé par le froid qui rendit son souffle visible. Il avança sur une sorte de remparts, une longue promenade dont un côté en pierres encerclait le toit du bâtiment.

De l'autre côté du parc, la lune faisait scintiller la surface du lac. L'affectation dont avait bénéficié Alex avait au moins un avantage – son pavillon, Aubrey, jouissait d'une vue magnifique.

Il se déplaça aussi rapidement qu'il le put sur les remparts, les pierres aspirant la chaleur de ses pieds nus. Il atteignit le bout des remparts et se pencha au-dessus, cherchant des yeux sur le mur à pic l'emplacement de sa fenêtre.

Elle était toujours là. Elle se tenait à l'envers, tel un lézard, se déplaçant lentement de fenêtre en fenêtre. Il regardait ses doigts blancs comme des os chercher des prises entre les pierres et sur les rebords de fenêtre. Elle regardait fixement à travers chaque fenêtre, penchant la tête, ce qui faisait balancer sa capuche d'avant en arrière. Si elle avait respiré, elle aurait laissé des traces de buée sur les vitres. Sa façon de s'agripper au mur et de se déplacer le long des pierres évoquait un crabe. Le bourdonnement dans l'esprit d'Alex vibrait fiévreusement.

À ce moment-là, Alex s'érafla le pied contre une pierre et hoqueta sans le vouloir. La créature sens dessus dessous se déplaça d'une façon qui ne ressemblait à rien de ce qu'il avait vu.

Elle se retourna, son corps filant le long du mur tandis que sa tête basculait et il vit ses yeux blancs s'orienter directement sur lui.

Elle ouvrit la bouche – encore des *crocs*, comme celle de la forêt – et siffla furieusement. Elle bondit sur lui avant qu'il ait le temps de dire ouf.

Alex recula tandis qu'elle atteignait le haut des remparts, les muscles de sa jambe bandés sous son collant moulant. Ses mains, semblables à des serres, l'attrapèrent à la gorge et sa capuche blanche tomba, révélant des cheveux jaunes en épis et un visage juvénile. Sa bouche était grande ouverte, découvrant des crocs devant une langue grisâtre, vide de sang. Elle le souleva et le précipita contre les remparts.

Fais quelque chose. C'était ce qu'on lui avait appris dans ses cours d'auto-défense. *Bouge. Ne reste jamais immobile. Réponds à ces questions. Que se passe-t-il ? Elle m'étouffe. Qu'as-tu sous la main ? Je n'ai rien.*

Qu'as-tu sous la main ?

J'ai moi-même.

Alex leva la paume de sa main et l'abattit avec force sur son cou, juste sous sa mâchoire. Elle lâcha prise un instant, il se tordit contre les remparts et de ses deux mains jointes lui assena un coup au côté.

Elle gronda de colère et le fit tournoyer, et Alex poussa alors de toutes ses forces entre ses omoplates. Elle était incroyablement forte. Ses doigts s'accrochèrent à sa tunique blanche et s'y enfoncèrent puis elle releva ses jambes et lui donna un coup de pied.

Le coup frappa Alex à la poitrine comme un train et il se sentit voler dans les airs.

Les mains d'Alex se portèrent sur ses lunettes et il atterrit sur les tuiles en terre cuite du toit, loin au-dessus des remparts.

Le toit était raide, mais pas impraticable. Alex trouva une prise, exactement comme il l'aurait fait sur une paroi du Wyoming, et attendit. Elle était en dessous, tel un lynx ayant décidé d'en faire son dîner.

Alex examina le toit. Il se leva et se mit à courir vers le point le plus haut, où il vit une girouette grincer dans le vent, éclairée par une trouée de lune dans les nuages.

La créature – bon, d'accord, le *vampire*, une de ces choses qui *n'existent pas*, d'après son père – arriva sur le toit et commença à bondir vers lui. Alex baissa les yeux, faisant courir ses doigts le long des tuiles. Elles étaient lourdes et solides, longues d'environ soixante centimètres et faites d'argile rouge. Il tendit la main vers le bord d'une tuile et tira, sentit le goudron bien collé. Elle ne viendrait pas facilement. La créature arrivait à toute allure.

Alex tira encore et libéra la tuile au moment où elle bondissait. Il l'en frappa, lui entaillant le côté de la tête. La tuile était lourde et coupante sur les bords et la douleur irradia ses mains quand elle s'enfonça dans ses doigts.

La tuile toujours en main, Alex courut vers la girouette tandis que le vampire roulait en bas du toit dans un hurlement de rage. Il cogna sur la girouette, accroché à une base en bois maintenant la structure en fer fixée au toit. Il n'y avait pas d'autre possibilité.

En bas du toit, la créature se releva et se remit à sauter. Alex laissa tomber la tuile et entreprit de tirer sur la girouette d'avant en arrière, attrapant le bras de la girouette juste à côté du N.

Il tira de toutes ses forces, appuyé sur ses pieds. Il finit par arracher la girouette, envoyant valdinguer bois et boulons et, perdant l'équilibre, il commença à tomber.

Il glissait le long des tuiles. Il jeta un regard de côté et la vit arriver à toute allure.

Bien. Il l'avait déjà fait à Jackson Hole, glisser vers l'arrière sur les épaules, perdant tout contrôle. *Que faut-il faire ?*

Alex lança ses épaules vers l'avant et sur le côté et se retourna, enfonçant douloureusement ses talons et la girouette dans les tuiles jusqu'à ce qu'il s'arrête, écorché. Ses pieds nus hurlaient de douleur.

Soudain, elle fut sur lui. La vampire gronda et Alex abattit avec force la girouette sur son épaule et son cou.

Cette fois, elle fut blessée — la créature glapit et tomba en arrière.

Alex la regarda se tapir là un moment, du sang noir coulant des entailles qu'il lui avait infligées.

Elle cracha :

— Tu fais ça souvent?

Puis elle grogna, replia ses jambes et partit en sautant. Après un ou deux bonds sur le toit, elle disparut dans la nuit.

Alex prit de profondes respirations, frôlant l'hyperventilation.

Que. Se. Passe-t-il ?

Au bout de quelques minutes, il se remit en mouvement, descendant prudemment le toit jusqu'à un endroit d'où il pouvait sauter sur les remparts. Ce ne fut que lorsqu'il sentit le froid de la pierre qu'il se souvint qu'il était toujours pieds nus. Ses pieds étaient dégoûtants et plein de petites coupures, mais il allait bien.

Pour l'instant.

Il s'arrêta un moment pour écouter. Était-il possible que l'épaisseur du toit ait couvert tout ce boucan? Mais même en attendant plus longtemps, personne n'apparut, aucune alarme ne se fit entendre. Alex s'appuya contre les remparts, contemplant le lac.

Que devait-il faire ? À qui était-il censé raconter ça ? Mme Hostache ? Cela se passerait sûrement très bien. Son père ?

Son père penserait qu'il était fou, qu'Alex s'était mis à s'inventer une vie fantastique basée sur son nom. N'était-ce pas pour cela qu'il avait été renvoyé ? *Était-il* en train de perdre la tête ?

Non, non. Il n'était pas fou. Il ne pouvait pas l'être.

Il aurait dû rentrer, mais pour le moment il se reposait. Sa respiration était encore irrégulière. Il avait l'impression d'être une sentinelle marchant lentement le long des remparts – montant la garde contre l'invasion d'armées apparemment soutenues par un nombre infini de femmes tigres à capuche.

Plus bas, il entendit une porte de garage s'ouvrir.

De la gauche lui parvint un craquement de bois et de métal, très lent, comme si la personne qui se déplaçait ne voulait pas être entendue. Alex ne pouvait voir la porte du garage, mais il savait où elle se trouvait pour l'avoir aperçue le jour de son arrivée. Il discerna bientôt un visage dans la pénombre, avançant parmi les arbres. C'était un homme, grand, vêtu de noir, et qui se dirigeait vers une porte étroite et peu utilisée dans le mur d'enceinte de l'école. Un rayon de lumière provenant d'un lampadaire du parc l'éclaira brièvement et Alex reconnut l'homme instantanément. C'était M. Sangster.

Comme le professeur s'approchait de la porte, Alex vit que quelqu'un se tenait de l'autre côté dans l'ombre. Il tendit l'oreille, avança sur les remparts jusqu'à ce qu'il soit juste au-dessus du garage et en face de M. Sangster. Alex eut le courage de se pencher par-dessus les pierres.

Il entendit Sangster dire quelque chose à une vingtaine de mètres de là :

– Qu'avez-vous pour moi ?

– C'est Icemaker, répondit une voix féminine.

La silhouette sombre de l'autre côté de la porte était celle d'une femme. Puis, Alex entendit un autre mot :

– Byron.

Byron ? *Que diable cela signifiait-il ?*

Alex essaya de se pencher davantage, tendant l'oreille.

– Icemaker, entendit-il à nouveau.

Il attrapa des bribes qui n'avaient aucun sens :

La femme parlait.

– Nous pensons… *Wayfarer.*

– … sûrs ?

– Avez-vous… l'entrée de Scholomance ?

– Pas encore, dit M. Sangster.

Alex essayait de garder les mots clés en mémoire. *Wayfarer. Skolomanse ?*

– … faire les préparatifs, dit la femme. Catastrophe… À Parme.

Parme. C'était une ville en Italie. Alex s'y était rendu avec sa famille. Elle continua, mais la majorité de ses paroles se perdit dans la distance.

– … n'était pas sorti de sa cachette depuis des années.

Alex entendit clairement la réponse de Sangster.

– Il prépare quelque chose. Et il s'en vient ici.

Alex sentit un morceau de pierre céder sous son épaule et tomber, ricochant contre le mur comme du gravier. Sangster leva vivement les yeux et Alex plongea. Il se pencha très bas et courut regagner l'entrée sur le couloir. En quelques secondes, il était dans l'intérieur au charme désuet du pavillon.

Alex se repassa tout ce qu'il avait entendu sur le chemin qui le ramenait à sa chambre.

Icemaker. Arrive ici. Catastrophe. Et au milieu de tout ça : Sangster.

Que. Se. Passe-t-il ?

Chapitre 5

Le vendredi arriva dans une atmosphère de tension qu'Alex ressentait à chacun de ses pas. Quand il se leva, les Merrill étaient déjà debout et partis. Il n'y eut pas de menaces. Mais en traversant le couloir, Alex sentit chaque regard dirigé vers lui et vit les garçons murmurer au petit déjeuner. *Secheron.*

Au réfectoire, Paul et Sid l'invitèrent à leur table. Alex se glissa sur l'une des chaises en bois et posa son plateau sur la table.

– Ne lève pas les yeux tout de suite, mec, dit Paul, mais on te regarde.

Alex prit une gorgée de son jus d'orange et leva les yeux. Merrill & Merrill se tenaient à l'autre bout de la pièce, attendant qu'il les regarde dans les yeux.

Alex esquissa un sourire en coin.

– Ils font ça le soir, aussi.

– Les gens sont nerveux, dit Sid, déjà occupé à mettre en scène un autre personnage de Scarlet World.

Celui-ci portait un pourpoint et avait l'allure d'un noble.

– Qui ? demanda Alex.

– Tout le monde.

Alex vit que Sid avait nommé son vampire vêtu d'un pourpoint : Le Poète. Sid poursuivit :

— Les gens font tomber plus de choses ce matin. Deux ont lâché leur plateau. On entend le cliquetis des fourchettes. Tout le monde est nerveux.

— Ouais, dit Alex, distrait.

— Tu es nerveux, dit Paul, sans que ce soit une question.

— Je viens tout juste d'arriver, dit Alex. Cela semble si incontrôlable.

Il voyait déjà une autre réunion entre son père et un directeur dégoûté. Encore une fois, si Alex ne se battait pas, il courait un réel danger. Il pouvait le voir dans les yeux de Bill. Et toute l'école s'y intéressait — cela pouvait être une énorme motivation pour le meneur qu'était Bill. La motivation pouvait vraiment faire ressortir le psychopathe en quelqu'un. Mais Bill allait s'attirer des ennuis. Si seulement il le savait.

— Comment iras-tu à Secheron ? demanda Paul.

Alex regardait maintenant une autre table, où plusieurs garçons murmuraient en lui lançant des coups d'œil.

— Y a-t-il un bus ?

— Il y a un bus, mais c'est plus amusant d'y aller en vélo.

— Je n'ai pas de vélo.

Alex fronça les sourcils, jouant dans ses œufs. Son estomac était noué. Il sentit sa poitrine oppressée. Une vague soudaine de nervosité inonda son corps et fit fourmiller ses membres. Il avala, noyant un instant le sentiment sous le jus d'orange.

— J'ai un vieux vélo attaché avec celui que j'ai eu pour mon anniversaire, dit Sid. Il n'est pas trop petit ni rien ; j'en ai juste voulu un avec de meilleurs amortisseurs.

— Bien, tu peux prendre celui de Sid, dit Paul. Tu vas adorer la balade.

Voilà qui était entendu.

Alex reporta son regard sur la porte. Les Merrill étaient partis.

— Qu'en est-il du reste de l'école ? Veulent-ils me voir recevoir une raclée ?

Paul mastiqua un morceau de rôtie. Il haussa les épaules.

— Pas nous.

— Il y a de la crème glacée, proposa Sid.

Après le petit déjeuner, la tension ne fit que croître. Des murmures incessants semblaient palpiter au sein d'une sorte d'invisible réseau Glenarvon. *Bataille cet après-midi bataille cet après-midi Secheron bataille bataille.* Alex était en train d'imaginer les Merrill aplatissant sa tête sur la chaussée quand M. Sangster entra dans la pièce.

Le professeur qu'Alex avait vu s'esquiver discrètement et brièvement jeudi, peu avant deux heures du matin, pénétra dans la classe vêtu d'un tricot noir et d'un jean bleu foncé et, pour la première fois, Alex put réellement étudier l'homme. Tout d'abord, et on ne pouvait s'en rendre compte lorsqu'il portait un veston, M. Sangster était extrêmement bien bâti. Pas à la manière d'Arnold Schwarzenegger ou autre, mais comme un nageur olympique, sans une once de graisse, étroit de hanches, les bras et la poitrine bien développés. Alex regardait M. Sangster commencer à parler tout en se repassant mentalement l'étrange conversation de la nuit précédente. Qui se trouvait à la porte ? Une petite amie ? *Ils se retrouvent à la porte et débitent des inepties ?*

Quelqu'un passa un papier à Bill Merrill que celui-ci prit, déplia et lut. Il eut un petit sourire satisfait en regardant Alex. Une poussée d'adrénaline traversa Alex à nouveau.

— Qu'est-ce que c'est ? demanda M. Sangster, interrompant sa description de l'état de la science à l'époque où *Frankenstein* fut écrit.

Le professeur regarda Bill, qui haussa les épaules. M. Sangster lui arracha le papier. Il y jeta un coup d'œil tout en remontant vers le devant de la classe, puis le posa sur son bureau.

M. Sangster se pencha un instant sur son bureau, touchant sa lèvre de son pouce. Il examina la classe, fixa Alex des yeux une seconde et repartit.

— Pas de notes secrètes, dit-il.

Le cours passa en un éclair — les minutes défilant tandis qu'Alex essayait de se concentrer, s'envolant, le conduisant inexorablement vers Secheron.

Il se leva à la fin de la classe, sans avoir retenu quoi que ce soit. Il s'avança et eut le courage de jeter un œil à la note qui se trouvait encore sur le bureau de M. Sangster tandis que celui-ci effaçait du tableau les notes qu'Alex n'avait pas pris la peine de copier.

Le papier montrait un dessin d'Alex — il pouvait le dire à la vue des incroyables mèches de cheveux noirs —, à genoux dans la rue, entouré d'une flaque de quelque chose, sang ou urine.

— Que se passe-t-il ? demanda M. Sangster sans détacher son regard du tableau.

— Rien.

M. Sangster se retourna, haussa un sourcil.

— Ce n'est jamais rien, Van Helsing, dit-il.

Il traversa l'esprit d'Alex que M. Sangster pouvait mettre un terme à toute l'affaire. Il était peut-être même déjà au courant de la bagarre. Il devait l'être — chaque garçon de l'école prévoyait de se rendre à Secheron après la classe ; à présent, chaque professeur devait être au courant. M. Sangster pouvait tout arrêter.

Mais s'il ne le faisait pas de lui-même, Alex devait le lui demander. Et une occasion lui était donnée de le faire maintenant.

M. Sangster rangeait des livres dans une sacoche.

— Je fais confiance à votre famille pour vous avoir appris à prendre soin de vous, dit-il.

Alex le dévisagea.

— Pardon ?

M. Sangster leva les yeux et examina Alex un long moment. Il avait l'air de chercher à savoir si Alex disait la vérité à propos de quelque chose, comme si Alex était interrogé. Que voulait-il dire, la famille lui avait appris ?

— Servez-vous de ce que vous avez appris, dit M. Sangster.

Puis il ferma sa mallette et sortit, collant la note contre la poitrine d'Alex en passant.

La fin de la journée l'appelait et arriva, et Paul et Sid qui étaient là, dehors, l'amenèrent au support à vélos.

Des douzaines d'étudiants étaient sur le départ, la plupart se dirigeant vers le bus, d'autres partant à vélo.

Alex, Paul et Sid roulèrent en silence sur la route pavée menant au village de Secheron. Alex vacillait en pédalant, les jambes en coton. Il se remémorait une situation antérieure presque en tout point semblable à celle-ci et il brûlait d'y mettre un terme.

La place de Secheron était l'image même du charme suisse, avec sa grande horloge surplombant une vieille église, des librairies et une crémerie ouverte qui attirait la foule déjà rassemblée. Comme Alex garait le vieux vélo de Sid à côté de quelque vingt autres au support à vélos, il se rendit compte que la place s'était transformée en ring de boxe. Il remarqua aussi que les Urgences d'une clinique se trouvaient de l'autre côté de la place. *Pratique.*

Les élèves de Glenarvon tremblaient d'excitation et Alex pouvait voir les têtes se tourner vers lui. Bizarrement, les touristes continuaient à affluer vers la place. Derrière les garçons rassemblés, trois filles en uniforme – il y avait des filles en Suisse ! – étaient assises à la table en fer devant la crémerie, en train de faire leurs devoirs. Alex eut une vision de tout cela avant de s'autoriser à porter son regard sur le ring, au milieu de la place. Bill Merrill attendait, vêtu d'un t-shirt noir et portant une paire de mitaines en cuir lestées. L'absurdité des gants et l'abjection de la protection qu'ils apportaient, les dommages importants que pouvaient causer les articulations de Bill ainsi enveloppées de cuir emplirent Alex de dégoût plus que de peur. À ses côtés, Paul et Sid se raidirent.

– Facile, murmura Paul.

Quelque part au milieu de l'effroi qu'il éprouvait, Alex trouva la force de se déplacer, d'avancer, les garçons s'écartant de lui. *Bataille. Bataille. Bataille !*

commencèrent-ils à scander, les garçons s'échauffant, montrant les poings, et Alex réalisa à quel point ils étaient tous des animaux. Peu importait qu'il soit nouveau ou non, qu'ils l'aiment bien ou pas. Ils voulaient une bagarre.

— T'es prêt ? dit Bill, et il s'avança en sautillant.

Alex ne pouvait ordonner à ses jambes de se mouvoir et il vit Paul s'approcher de l'intérieur du cercle. *Non, je ne suis pas prêt. Tout ceci est fou. Vous voulez juste que je quitte votre chambre ? C'est tout ? Vous allez nous faire renvoyer !*

Puis Alex vit Steven Merrill porter un coup en traître à Paul sur le côté de la tête, ce qui fit s'affaler le garçon costaud avant de lui sauter dessus. Et tandis qu'Alex regardait Steven et Paul, Bill l'attaqua.

Les mélopées se turent, les spectateurs sautillants disparurent au moment où le poing droit ganté de Bill frappa avec force Alex sur le côté de la tête. Alex tournoya, chancelant, et ils furent fin seuls, comme si l'obscurité était totale, trouée par un projecteur qui n'éclairait qu'eux. Alex se maintint douloureusement, tenta de frapper, mais Bill s'avançait et le projeta au sol. Alex sentit ses épaules amortir la chute et ses flancs douloureux encaissaient coup sur coup de la part de Bill. Alex s'autorisa encore à hésiter. Il n'allait pas recommencer. Il existait certainement un moyen de s'en sortir sans donner à ce garçon ce qu'il méritait.

Puis il ferma ses poings. *Allons-y.*

Bill poussa un cri perçant et Alex constata qu'il avait fermé les yeux. Il les ouvrit et vit que quelqu'un tenait Bill par l'oreille, des ongles verts faisant couler le sang en tirant sur le lobe et le cartilage. Les yeux d'Alex firent la mise au point, encore et encore, ses verres de contact inondés. Il se releva et vit le nouvel attaquant tirer Bill en arrière.

L'attaquant était une fille, à peu près de l'âge et de la taille d'Alex, au teint olivâtre et aux cheveux bruns mi longs. Alex comprit à peine que c'était l'une des filles de la crémerie. Comme Bill titubait, sidéré, elle le laissa s'éloigner et se jeta en arrière. Alex comprit à peine comment elle pivota sur son pied avant, se retourna et frappa violemment la poitrine de Bill de l'autre pied. Bill partit en arrière, s'affalant sur certains spectateurs.

Paul était debout à présent, derrière la fille. Il avait des écorchures sur le visage et le cou, et Steven chancelait, tenant son nez en sang. Bill la regardait, abasourdi, la main sur son oreille sanguinolente.

— Qu'est-ce que c'est que *ça*? cria Bill. Ta petite amie se bat à ta place?

Le cœur d'Alex battait la chamade. *Je ne la connais pas,* eut-il envie de dire, comme si cela ferait une différence.

— Va-t-en d'ici, gronda la fille à Bill, comme si elle s'adressait à un chien. Dégage.

Bill eut l'air d'évaluer la situation. L'énergie de la foule avait jailli avec l'explosion de violence et maintenant, c'était terminé. Bill hocha la tête d'un air sarcastique, pointant Alex du doigt tandis qu'il refluait, comme s'il voulait dire quelque chose sans trouver de mots suffisamment méchants.

Et d'un seul coup, un ange passant, l'énergie puissante et la foule se dispersèrent.

Alex respirait toujours fort, ne quittant pas des yeux Bill et Steven qui montaient sur leur vélo et s'éloignaient en pédalant. Il sentit ses poings se relâcher. Rien de ce qu'il avait prédit n'était arrivé. Il avait regardé l'échiquier, avait pris sa décision et puis quelqu'un était arrivé et avait renversé l'échiquier. Il se retourna vers la fille qui se tenait là, bras croisés, comme un personnage sorti d'un dessin animé japonais.

— Idiots, dit-elle.

Il cherchait ses mots.

— Qui es-tu ?

La fille examina Alex puis Paul et Sid qui la regardaient bouche bée.

— Minnie, avec un h, dit-elle avec une soudaine luminosité.

Elle agita la main :

— Une crème glacée ?

Alors que Minnie-avec-un-h cherchait une table où s'asseoir, Alex la regarda — la façon dont elle marcha vers le comptoir et prit une pile de menus avec une confiance joyeuse mais agressive, la façon dont elle se mit immédiatement à les passer tous les trois au grill.

— Alors, avez-vous prévu cette activité tous les vendredis ou n'était-ce qu'un contrat à durée déterminée ? demanda-t-elle après qu'ils avaient commandé des coupes glacées.

— Hein ? Oh, dit Alex.

— Notre ami Alex ici présent agace les mauvaises personnes, dit Paul. Je suis Paul et voici Sid. Tu as dit que tu t'appelais Minnie ?

— M-i-n-h-i. Minhi. C'est donc hindou, pas comme le personnage de souris.

Minhi parlait un parfait anglais américain avec cependant une légère pointe d'accent indien qu'Alex trouvait ravissant. À cet instant, il aurait aimé lui demander de lire l'annuaire.

— Es-tu de Secheron ? demanda-t-il.

Minhi secoua la tête.

— Quelqu'un l'est-il ? En fait, je viens de Mumbai. Je suis élève à l'école LaLaurie, dit-elle en faisant un signe de tête en direction du lac Léman. C'est une école de filles en face de la vôtre, les garçons. Alors, c'étaient les brutes de l'école ou quoi ?

Alex grimaça au mot « brutes » ; il semblait sorti d'un film qu'on regarde à la cafétéria.

— En fait, ce sont mes camarades de chambre.

Les coupes glacées arrivèrent et ils plongèrent dedans avec délice.

Alex poursuivit :

— En toute justice, j'ai demandé à changer de chambre.

— Ils font de sa vie un enfer ; et il n'est là que depuis une semaine, ajouta Paul. Dis-lui.

— Me dire quoi ?

— Je...

Alex secoua la tête, embarrassé.

— Tu sais, le réveil cassé, des croche-pieds, des trucs... vraiment dégoûtants déposés dans mon lit.

— Beurk, dit Minhi. Et tu ne peux pas partir ?

— Apparemment, c'est *compliqué*, dit Alex en pensant à Otranto.

Minhi avait posé son sac sur la table et Sid repéra quelque chose.

— Ce sont des mangas ?

— Ouais.

Elle rougit légèrement aux tempes.

— Ouais, j'en lis à peu près trois par semaine.

— Lesquels lis-tu en ce moment ?

Il se donnait visiblement du mal pour voir les livres, ce dont Minhi s'aperçut. Elle les lui tendit.

— Surtout des shôjo, dit-elle.

Alex hocha la tête.

— Les shôjo, ce sont des bandes dessinées pour filles, non ?

Elle haussa les sourcils.

— Que veux-tu dire ?

Il sourit.

— Je veux dire que le personnage principal est une jolie fille aux cheveux en brosse avec de gros yeux. Il y a aussi beaucoup de cœurs. Parfois, tout le monde a des pouvoirs magiques.

— C'est une façon de critiquer mon manga, dit-elle en louchant vers lui.

— Je ne critique pas ; j'ai quatre sœurs, alors j'en ai lu à peu près un million.

— Tu ne m'avais pas dit ça, dit Paul.

Alex haussa les épaules. Il se sentait mieux. Peut-être que ça allait bien se passer. Il n'avait pas été rossé — et il n'avait rien fait de dingue, après tout.

Comme si Alex avait exprimé ses pensées à voix haute, Paul s'éclaircit la gorge.

— Alors, dit-il en regardant Alex. Pourquoi *as-tu* quitté ton ancienne école ?

Alex prit un moment. Les Merrill pouvaient penser ce qu'ils voulaient, mais il se préoccupait réellement de ce que Paul et Sid ressentaient — pour lui, ils étaient, jusqu'ici, ce qui ressemblait le plus à des amis. Cela pouvait sans doute durer. Et il y en avait une autre, Minhi, dont il pouvait déjà dire que c'était la personne la plus cool qu'il ait jamais rencontré. Et sa prochaine phrase pouvait tout gâcher, les faire s'éloigner définitivement de lui. Mais il souhaitait dire la vérité.

— J'ai été jeté dehors, finit par dire Alex. On m'a demandé de partir.

Les trois autres remuèrent sur leur siège, attentifs.

Sid demanda :

— Pourquoi ?

— Je me suis battu, dit Alex simplement. Cela a plutôt mal fini.

Paul fronça les sourcils.

— Je pensais t'avoir entendu dire que tu ne savais pas te battre.

Alex baissa les yeux.

— C'était une… ouais, une brute tyrannique. Tout à fait comme ces types. Ils sont tous les mêmes.

Il se repassa en vitesse les événements dans sa tête. Il n'y avait pas grand-chose à en dire, pas grand-chose dont il se souvint clairement. Il avait commencé à se sentir nerveux, paranoïaque ; il s'était même confié à son père au sujet de sa paranoïa, mais une nuit, il avait fini par être acculé et avait craqué. Cela avait été choquant et effrayant, pour lui comme pour les autres.

— Mais lui, il a fini à l'hôpital.

Minhi tourna sa coupe glacée.

— Alors, tu *aurais pu* te protéger.

— Eh bien, dit Alex, embarrassé, tentant de changer de sujet, si je l'avais fait, nous ne t'aurions pas rencontrée.

Ils restèrent assis en silence un instant, puis Paul parla. Alex n'aurait pu lui en être plus reconnaissant.

— Alors, Minhi. Où as-*tu* appris à te battre ?

Avant que Minhi puisse répondre, Alex entendit un bruit et leva les yeux.

Paul suivit le regard d'Alex et dit :

— Qu'est-ce que c'est ?

La sirène d'une ambulance suisse emplit l'air. Quelques minutes plus tard, deux motards de la police et une camionnette blanche débouchèrent de la rue principale et traversèrent la place en direction de la clinique, dispersant les pigeons.

Alex se leva. Il pensait savoir de quoi il s'agissait.

— Ils amènent quelqu'un, entendit-il Minhi dire.

Alex quitta la table et traversa la place pratiquement contre son gré pendant qu'une foule commençait à se former. Il entendait les murmures des badauds : *Encore un. Encore un.*

Alex s'arrêta devant le mur qui jouxtait l'entrée de la clinique tandis que deux hommes en blanc s'approchèrent avec un chariot et ouvrirent les portes de l'ambulance. À l'intérieur se trouvait un brancard recouvert d'un drap. Un autre homme en blanc sortit de la camionnette pour les aider.

Alex voulut regarder ailleurs, mais quelque chose l'obligeait à les regarder transférer le brancard sur le chariot.

Il ne put rien voir de la personne en dessous jusqu'à ce que le chariot passe un cahot en franchissant la porte d'entrée.

Saignée, entièrement saignée, dit l'ambulancier en français.

L'espace d'un instant, le bras du cadavre, délicat et féminin, s'échappa du drap. L'une des aides-soignantes se pencha et le remit en place. En quelques secondes, ils avaient tous disparu dans la clinique.

Le bras de la personne était blanc comme l'os.

Alex ferma les yeux et finit par se détourner. Quand il les ouvrit, Paul, Sid et Minhi étaient là.

— Tu n'as pas besoin d'aller regarder ça, dit Minhi. *Nous* ne le faisons pas.

Alex se composa un visage. Il opina et tous restèrent là un moment.

Paul leva les yeux vers l'horloge.

— Nous devons rentrer.

— Pas de blagues, dit Minhi. Avec tout ce... avec toutes ces attaques autour du lac, ils n'ont pas vraiment envie de nous savoir dehors à la nuit tombée.

Alex se sentit déprimé et écœuré. *Pourquoi suis-je venu là ?*

— Tenez, dit Minhi, changeant de sujet.

Elle sortit un carnet et un stylo de son sac et commença à écrire quelque chose.

– Voici mon adresse à l'école et là, mon courriel… D'accord ? Nous devrions venir prendre une crème glacée une autre fois quand il n'y aura pas… disons, pas de bagarre.

Elle déchira la feuille et la colla dans un manga. Paul prit le livre en souriant.

– Nous te remercions.

Elle mit son sac sur son épaule.

– Soyez prudents, les gars.

Ils la regardèrent partir. Paul était visiblement impressionné par Minhi. L'impression désagréable laissée par l'ambulance lui était totalement sortie de la tête.

– Tout bien réfléchi, c'était un après-midi fantastique, les gars. Mais sérieusement, nous devons filer.

Alex se souvint alors de ses camarades de chambre.

– Ils vont m'attendre.

– Laisse tomber, dit Paul en jetant un œil à Sid.

– Quoi ?

– Tu ne retournes pas là-bas. Je me fiche de ce que dira Otranto, à partir de maintenant, tu t'installes dans notre chambre.

Chapitre 6

À l'inverse de Bill et Steven, Paul et Sid n'avaient pas une chambre pour trois. La leur était plus petite : fenêtre plus petite, plus petites étagères, plus petite salle de bain, et un seul ensemble de lits superposés. Ils improvisèrent donc un lit sur le sol pour Alex.

C'était parfait.

Comme ils se préparaient à se coucher, Alex se demanda si les Merrill allaient le dénoncer, puis il se rendit compte que c'était peu probable — ils étaient contusionnés et auraient à répondre à des questions. De plus, ils voulaient la chambre pour eux.

— Tu peux y retourner demain dans la journée pour chercher tes affaires. J'espère que tu n'en as pas beaucoup, plaisanta Paul en lui passant des draps et des serviettes supplémentaires qui se trouvaient dans le placard.

Ouais, parce que les Merrill vont probablement les détruire, pensa Alex.

— Non, pas beaucoup, dit-il en pliant les couvertures pour se faire un oreiller.

— Tu n'as pas laissé une Nintendo ou quelque chose comme ça ?

— *J'aimerais* bien.

Alex secoua la tête. Les jeux vidéo étaient interdits à Glenarvon. Alex alla au lavabo de la salle de bain pour retirer ses verres de contact et en sortit avec ses lunettes.

Alex sur le sol, Paul et Sid sur leur lit — extinction des feux. Ils sombrèrent dans le sommeil et Alex dormit comme un bébé.

Jusqu'à une heure et demie.

Alex avait dû inconsciemment guetter le bruit de la porte du garage parce qu'il était en train de faire un rêve étrange sur la femme qui était tombée en poussière, dans lequel surgit le roulement caillouteux de la porte du garage, loin en dessous. Alex se réveilla en sursaut.

Il attrapa ses lunettes et se leva, enfilant ses vêtements et, cette fois, ses chaussures. Il fut en bas et dehors en quelques secondes.

Plaqué contre le mur de l'école, Alex vit Sangster pousser une moto à travers le jardin en direction de la porte, se déplaçant plus vite qu'il ne paraissait possible en faisant rouler la grosse machine sur ses roues étincelantes.

Alex entendit la moto démarrer alors qu'il faisait le tour du bâtiment en hâte. Il se précipita vers le support à vélos, détacha le vélo de Sid et l'enfourcha. Il se dirigea vers la route, écoutant le bruit de la machine bien plus rapide de Sangster. Il ne serait évidemment pas capable de rattraper l'enseignant, mais la route était longue et il pouvait avoir de la chance. Sangster semblait se diriger vers Secheron. Malgré la densité des arbres qui longeaient la route, Alex continua à voir et à entendre la moto devant lui plus longtemps qu'il ne l'aurait espéré. Au bout de quelques minutes pourtant, le bruit disparut.

C'était en tout cas très agréable d'être sur la route la nuit – le son des grenouilles et des hiboux, le léger grincement du vélo. Il allait se rendre dans la petite ville et traîner par là, voir s'il repérait la moto garée quelque part. Bien qu'il fût en mission de reconnaissance, il s'aperçut qu'il était tellement transporté par la beauté de la balade que cela lui était égal d'apprendre quelque chose ou pas. *Pourquoi Sangster traîne dehors la nuit ? Et pourquoi je le fais, moi ?*

Puis le signal arriva dans sa tête – muet au départ puis croissant plus rapidement que jamais. En moins d'une minute, le bourdonnement dans son esprit devint presque assourdissant.

Un courant d'air glacé fondit sur la route et l'enveloppa, un front froid qui tomba d'un seul coup et faillit le faire tomber à cause de la contracture soudaine de ses muscles. Son souffle devint visible tandis qu'il continuait à pédaler. Puis il prit conscience d'un grondement qu'il sentit dans ses os, vibrant depuis la route et à travers ses pieds.

Il entendit ce qu'il pensa être le moteur de la moto de Sangster, avant de s'apercevoir qu'il venait en sens inverse, derrière lui.

Le son se fit plus fort et Alex s'arrêta. Il descendit de vélo sur le bord de la route, juste à la sortie d'un virage.

Il entendit trois, quatre, peut-être même six motos. Aucun phare en vue. Mais elles arrivaient vite.

Des formes noires débouchèrent du virage. Deux motos grondèrent en direction d'Alex, conduites par des hommes vêtus de rouge foncé, les visages couverts. Prenant conscience qu'il était encore à moitié sur la route,

Alex souleva le vélo sur son épaule et le laissa tomber tandis qu'il grimpait pour s'accroupir derrière des buissons. Le grondement était maintenant extrêmement fort et deux motos passèrent en coup de vent, laissant la voie à quatre autres, puis huit.

Et davantage. Les rafales d'air glacé semblaient rouler au même rythme que le rugissement des moteurs. Puis vinrent les camions, les transports de troupes blindés, des Hummer modifiés, suivis de motos encore, puis des VUS et encore des bécanes. Certains véhicules étaient ouverts sur le côté et l'on pouvait y voir des individus vêtus de noir.

Cela devait être une de ces choses qui n'arrivent pas.

Quelque trois cents mètres plus loin, en haut d'une tour construite pour la surveillance des feux de forêt, le dénommé Sangster porta à ses yeux une paire de jumelles infrarouges.

— Je vois la caravane. Ils sont sur la route de Secheron, dit-il dans le micro de son émetteur-récepteur.

À travers les jumelles, les formes des véhicules brillaient d'un bleu glacial, resplendissant. Il pouvait distinguer la forme des arbres, quelques animaux des bois — et, là, une forme orange et rouge, accroupie à côté de la route.

— Les gars, c'est Sangster ; avons-nous un second agent à proximité de la route ?

Il eut un retour de voix au bout d'un moment :

— Négatif, nous n'avons pas d'autre agent sur cette mission.

Sangster gronda avec dégoût.

— Il y a un humain en train de regarder.

La voix crépita dans la radio.

— De regarder ? L'ont-ils déjà repéré ?

— On ne dirait pas.

Sangster se mordit la lèvre.

— Dois-je m'en occuper ?

— Négatif, restez concentré.

— Bien reçu, répliqua Sangster, mais il était déjà déconcentré.

Il se rapprocha, tentant d'obtenir une meilleure vue. Il mit des lunettes de soleil arrangées, les ajusta sur obscurité et agrandissement et chercha à voir nettement le badaud.

La caravane continuait d'avancer, mais Sangster reporta ses lunettes sur la forme postée à côté de la route. Ce n'était pas un journaliste : il ne se cachait pas à la façon d'un habitué. Il ou elle se tapissait. Sangster supposa qu'il pouvait s'agir d'une femme étant donné sa petite taille.

Un éclair de lumière — un réflecteur. L'individu avait un vélo.

— C'est un enfant, dit Sangster, médusé.

— Restez concentré.

Le bourdonnement martelait le crâne d'Alex à présent. Il se prit la tête entre les mains et regarda, stupéfait, la longueur de la caravane. D'innombrables pensées tourbillonnaient dans sa tête sur ce que cela pouvait bien être — des casques bleus des Nations Unies ? Une invasion nocturne de la Suisse ? Que diable pouvait-il bien y avoir sur la route autour du lac Léman pour faire venir une telle armée ? Et pourquoi sans lumières ?

Et, restant derrière les buissons tout en prenant le risque de laisser dépasser sa tête, il se demanda *pourquoi un tel froid*.

Le tibia d'Alex heurta le vélo quand il déplaça son poids, remarquant à peine l'éclair de lumière que produisit le réflecteur lorsque la roue tourna.

Dans la caravane, un individu grand et chauve, en veste de cuir rouge foncé, passa la tête par la porte d'un véhicule blindé et se retourna en voyant l'éclair de lumière sur le côté de la route. L'homme chauve fronça les sourcils et pressa le bouton d'un petit boîtier électronique accroché à son poignet.

Alex vit la caravane ralentir légèrement. D'instinct, il se mit à reculer en crabe, tapi dans sa cachette. Il y avait un Hummer face à lui sur la route et d'un seul coup, la bâche noire qui le couvrait s'ouvrit.

Deux individus vêtus de rouge sautèrent du véhicule. Alex prit un instant pour les regarder atterrir sur leurs pieds — juste le temps de voir qu'ils ne portaient pas d'armes, mais quand ils ouvrirent la bouche pour siffler, il vit d'énormes crocs.

Cours. Va-t'en. Cours. Alex bondit de sa cachette et piqua un sprint, sautant par-dessus le vélo de Sid et s'enfonçant plus profondément dans les bois. Il ne se retourna pas pour voir s'ils le suivaient, mais quelque part dans l'air froid, il aurait juré qu'il pouvait les entendre rire.

Sa chance était sur le point de s'évanouir. Par deux fois, il avait affronté *une* de ces créatures et avait difficilement survécu. Il n'était cette fois plus question de tuiles ni de girouette.

Il courut sans se retourner jusqu'au moment où il fit une pause près d'un arbre. *Peut-être ne m'ont-ils pas vu. Peut-être les deux créatures sur la route se sont-elles arrêtés pour regarder alentour. Ou se soulager. Ou siffler à la lune.*

À travers les arbres, il vit des formes bouger, sauter, et pas seulement deux.

C'était vers lui qu'ils avançaient.

Alex se remit à courir, mais tout à coup, ils furent là, l'encerclant, à une cinquantaine de mètres. L'un d'eux bondit et atterrit devant lui, heurtant violemment le sol et faisant voler les feuilles.

Le vampire – un mâle, long et fin, dans sa tenue commando rouge – se pencha vers Alex et siffla.

À cet instant, un son rapide et saccadé déchira l'air. La créature était encore en train de siffler lorsqu'elle s'enflamma et tomba en poussière dans un bruit de grésillement.

Une autre moto arriva à toute allure en rugissant vers Alex. De la poussière et de la mousse volèrent tandis que la moto s'arrêtait entre lui et le reste des vampires.

Sangster – M. Sangster, son professeur de littérature – portait encore son jean et son tricot, mais aussi une paire de lunettes de protection noir et argent, une oreillette Bluetooth et un fusil d'assaut.

Sangster tendit la main.

– Monte, Alex, dit-il.

Il se tourna et tua deux vampires supplémentaires. Le fusil fit un bruit lourd et puissant, *ratatatatatata.*

– Monte !

Mille questions se bousculaient dans la tête d'Alex, mais aucune ne trouverait réponse s'il mourait là tout de suite. Il attrapa la main de Sangster et sauta sur la selle de la moto. Sangster plaça les bras d'Alex autour de sa taille et ils filèrent comme une balle.

— Il y en a d'autres qui arrivent, cria Sangster en tapotant son rétroviseur et Alex vit avec stupéfaction qu'il ne s'agissait pas d'un rétroviseur, mais d'un écran projetant des images infrarouges.

Sur celles-ci, il pouvait voir les créatures sauter comme des jaguars derrière la moto, lumineuses images bleu glace.

— Mets ça.

Sangster sortit une seconde paire de lunettes d'une sacoche à côté de sa cuisse. Alex serra les genoux autour de la moto et les prit. Il lutta un moment pour passer la sangle en caoutchouc derrière sa tête, positionnant les lunettes par-dessus les siennes.

Tout à coup, il fut dans un monde en négatif, les arbres étincelant de blanc sur un fond sombre. Alex tenta de suivre le chemin de la moto, gardant avec peine les yeux ouverts tandis que Sangster fonçait à travers et par-dessus les buissons, réussissant par miracle à éviter les arbres. Les double-lunettes bougeaient violemment sur ses oreilles.

— Je suis désolé, cria-t-il avant même de l'avoir réalisé. Je suis désolé d'être sorti dehors !

— Ne t'inquiète pas de ça maintenant, cria Sangster par-dessus le vrombissement. Presse le bouton à côté de ton sourcil gauche.

Alex attendit un instant. Son bras tremblait. *Respire.* Il trouva le bouton et appuya.

— Comme ça, tu peux m'entendre, dit Sangster et Alex entendit la voix tournoyer à travers les os de son crâne, assourdie mais audible.

— Où allons-nous ? demanda Alex.

Il entendit la voix de Sansgter par-dessus le grondement du moteur.

— Dans un endroit sûr.

Chapitre 7

Sangster semblait trouver les espaces entre les arbres comme s'il était à ski. Alex osa un coup d'œil dans les lunettes infrarouges. Les vampires étaient toujours à leur poursuite.

— Ils sont à nos trousses parce qu'ils veulent que cette caravane reste secrète, dit Sangster, considérant presque le danger imminent comme ordinaire. Nous sommes proches du QG. Nous pouvons peut-être les semer.

Sangster se pencha, appuya sur un bouton des lunettes et Alex eut alors en vue — ainsi que Sangster, certainement — une carte GPS. L'image se déployait devant eux, au-dessus de leur vision, faisant sauter la carte entre les arbres.

— Ferme, prononça Sangster en faisant un écart pour éviter une branche.

Les formes des vampires s'approchaient.

— Veuillez répéter votre demande, annonça une voix chantante pour toute réponse.

— FERME.

La vision changea devant les yeux d'Alex. Tout d'abord, le symbole d'une petite maison avec un toit apparut dans un coin, puis la caméra se leva vers le ciel et localisa la moto qui se déplaçait dans les bois. Le GPS établit ensuite une ligne entre les deux : leur chemin.

— C'est à trois kilomètres.

Sangster se réorienta légèrement, se dirigeant vers le nord.

— Mais nous allons avoir un problème.

— Quoi ? demanda Alex, incrédule.

Se faire pourchasser par des vampires n'était pas suffisant comme problème ?

Sangster était déjà en train de parler rapidement à quelqu'un d'autre dans son micro.

— Ici l'agent Sangster, je demande la permission d'entrer dans la ferme en compagnie d'un humain non autorisé.

Une voix répondit :

— Pouvez-vous répéter... ?

— J'ai un enfant avec moi, je dois rentrer, dit Sangster en faisant un nouvel écart, à peine capable de parler avec l'embardée de la moto.

— Refusé.

— Je ne peux pas...

— Si vous pénétrez le périmètre de la ferme avec un témoin non autorisé, on vous tirera dessus.

Alex vit Sangster jeter un coup d'œil aux arbres. L'espace d'une seconde, Alex aperçut des caméras gris métal, encastrées dans les sapins. Les caméras pivotèrent sur leur passage.

— Nous abordons le périmètre, dit Sangster.

Alex regarda devant lui et vit surgir une ligne d'arbres au-delà de laquelle s'étalait une grande clairière avec une petite ferme décrépite à une centaine de mètres de là, image blanche lointaine sautillant derrière les arbres.

Ils étaient en train de sortir des bois. Alex sentit la moto freiner fort sur la roue avant. Il fut un instant en état d'apesanteur, l'arrière de la moto ayant quitté le sol, et fut violemment projeté en l'air tandis que Sangster arrêtait la moto. Celle-ci retomba sur le sol et ils furent face à leurs poursuivants. Alex remarqua que Sangster balançait son poids pour le protéger. Sangster commença à tirer avec le fusil qu'il portait.

Ratatatatatatata. Alex compta sept, peut-être huit vampires évoluant parmi les arbres.

— Demande la permission d'entrer avec…

— Négatif. Le témoin ne devait pas être là. Laissez-le et faites votre rapport ; nous ne pouvons…

— Bon Dieu, c'est un Van Helsing, siffla Sangster.

Alex se retourna, surpris, et le regarda.

Silence à l'autre bout de la ligne. Sangster toucha l'un des vampires à la tête, le réduisant en cendres. Ils atterrissaient tout près, les crocs à nu. Alex vit alors qu'il avait mal compté — alors que ces huit-là s'approchaient, il vit trois ou quatre formes d'un bleu glacier dans les bois.

L'un des vampires fut tout à coup touché à la tête par une balle que n'avait pas tirée Sangster, un seul tir venant de la maison.

La radio grésilla.

— Accordée.

Sangster s'écria « On y va » et la moto bondit, faisant à nouveau une pirouette et fonçant dans la clairière, les vampires sur les talons. Alex sentit la moto prendre de la vitesse alors qu'ils roulaient sur l'herbe grasse. Ils se dirigeaient à toute allure vers le mur en tôle d'une petite cabane à côté de la maison. Alex tressaillit en sentant une décharge électrique traverser son casque.

— Nous éteignons toute communication électronique, cria Sangster. Juste au cas où ces types auraient un micro. Nous ne pouvons pas les laisser enregistrer quoi que ce soit.

Un autre tir arriva d'un endroit qu'Alex ne pouvait voir et Sangster dit :

— Ce périmètre doit être une zone morte.

Ils étaient à une dizaine de mètres du mur de la cabane.

Cinq mètres et le côté de la cabane se leva dans un grondement métallique et faillit attraper la roue avant de la moto. Sangster mit les gaz et Alex se retint fermement tandis qu'ils passaient sous le mur levé et commençaient à dévaler une longue route bétonnée.

La moto vrombit dans la pente et des commandos approchèrent, dix ou vingt hommes et femmes. Alex regarda en arrière une seconde et vit luire le canon de l'arme d'une femme blonde. Elle sortit du tunnel en tirant, décimant les vampires présents dans la clairière. Alex vit sa silhouette dessinée en ombre chinoise par les éclairages de la ferme tandis qu'il continuait à descendre avec Sangster, puis Alex tourna sa tête vers l'avant.

Ils s'enfonçaient à toute vitesse dans les entrailles de la terre, passant des poutres en bois, puis des poutrelles en fer plus modernes, descendant presque un kilomètre sur une pente à trente degrés jusqu'à ce que la moto ralentisse. Ils atteignirent une vaste étendue en béton éclairée par de hautes rampes de projecteurs. C'était un énorme bunker sous les bois.

Alex sentit ses yeux s'arrondir en voyant le nombre incalculable de véhicules, Humvees, camions et même des hélicoptères.

Un homme en costume – plus âgé, avec une petite bedaine – attendait que la moto s'arrête. L'homme croisa les bras tandis qu'Alex descendait de moto et enlevait ses lunettes de protection.

– Alexander Van Helsing. Fils de Charles et Amanda. Que diable allons-nous faire de vous ?

Chapitre 8

— Comment savez-vous qui je suis ? demanda Alex, debout sur des jambes qui, nota-t-il avec fierté, ne tremblaient que légèrement. Et qu'est-ce que c'est que ça ?

Il jeta un regard circulaire aux véhicules, remarqua que le « garage » s'achevait par un escalier en métal menant à des portes creusées dans la roche. Il n'avait aucun moyen de savoir quel espace pouvait encore s'étendre de l'autre côté des portes.

Il se retourna vers la rampe par laquelle ils étaient arrivés en entendant le son lourd et saccadé de bottes frappant le béton qui marquait le retour du contingent de commandos.

— Les avez-vous tous eus ?

— Nous avons eu ceux qui étaient autour du périmètre, répliqua la femme qu'Alex avait vue au moment où ils franchissaient la porte.

Elle s'avança et déposa son arme sur la table, à côté de nombreux autres fusils comme le sien. La femme, qui avait les cheveux blond cendré et une bonne quantité de taches de rousseur, faisait environ une tête de moins que Sangster, mais elle était tout en muscles.

— Mais on peut penser qu'un ou deux ont réussi à retourner à la caravane.

L'homme âgé en costume fronça les sourcils.

— Quoi qu'il en soit, la caravane sera certainement intriguée d'avoir envoyé une poignée de vampires tuer un témoin humain et de n'en voir revenir aucun.

Il regardait Alex, le détaillant de haut en bas.

— Ne parlons pas ici, dit-il en regardant autour de lui.

En plus des commandos, il régnait une activité débordante dans le garage. Des équipes se déplaçaient en tous sens et travaillaient sur les véhicules.

Sangster opina et ils se mirent tous à monter une volée de marches en métal menant à une porte. Sangster et la femme gardèrent Alex entre eux tandis qu'ils franchissaient la porte et débouchaient sur une petite pièce avec moquette comme on en trouve dans un bâtiment de bureaux. Ils se déplaçaient rapidement et Alex, silencieux, visualisait toutes les pièces devant lesquelles ils passaient et qui, malgré l'heure tardive, étaient pleines d'hommes et de femmes occupés à leurs postes de travail, étudiant des points sur des cartes géantes projetées sur des parois en verre.

Ils entrèrent l'un après l'autre dans une salle de conférence et Sangster indiqua une chaise au milieu de la table. Alex y prit place. Sangster s'assit en face, la femme à sa droite et l'homme âgé au bout.

Alex se pencha pour mieux voir la longue table noire. Des écrans d'ordinateur étaient incrustés dans sa surface lisse. Au centre de la table trônait une sorte d'emblème ou d'écusson, un symbole circulaire faisant mention d'une phrase latine : *Talia sunt*. En dessous, un seul mot :

— Polidorium, lut Alex à voix haute.

Il leva les yeux.

— Qui *êtes*-vous, tous ?

L'homme âgé fit un signe vers les deux autres.

— Voici l'agent Armstrong, dit-il, et la femme blonde aux taches de rousseur hocha la tête, mais ne sourit pas.

— Tu connais l'agent Sangster. Mon nom est Carerras.

Il se tourna vers Sangster.

— Ses parents savent-ils qu'il est là ?

Sangster secoua la tête.

— Il doit avoir fait le mur ; je pense qu'il m'a suivi.

— Nous devons décider de ce que nous allons dire aux Van Helsing.

— Attendez, les interrompit Alex, furieux. *Stop*. Comment ça, ce que nous allons dire aux Van Helsing… je suis désolé, je… qu'est-ce que c'est ? Enfin, c'étaient des… ces choses sur la route étaient…

— Techniquement, des humains modifiés après échec post-initial, dit Sangster. Des vampires. Quoi, tu n'en avais jamais vus avant ?

Alex se tut. Puis se décida.

— Si, en fait, je commence à en voir beaucoup. J'en ai vu un dans les bois. Il m'a attaqué. Je l'ai tué.

— Vraiment ? Comment l'as-tu tué ?

— La chance, dit Alex avec lassitude. La chance. Ces choses ne sont pas censées exister. Et puis, il y en a eu un autre.

— Où ?

— À l'école. Il était à l'extérieur de ma fenêtre, en train de me regarder. Il m'a poursuivi sur les toits.

Sangster croisa les bras.

— Hmmm.

Les yeux d'Alex tombèrent à nouveau sur l'emblème au centre de la table et il repensa aux bribes de conversation qu'il avait saisies.

— Qu'est-ce que le Polidorium ?

— Je ne peux pas croire que tu ne le saches pas, dit Sangster.

Au bout d'un moment, tout en regardant Carerras et Armstrong, Sangster continua :

— *Nous* sommes le Polidorium. Fondé par le Dr. John Polidori en 1821.

— John Polidori ? demanda Alex en pensant à l'introduction de *Frankenstein* et à ses notes. Le type qui faisait partie du groupe Frankenstein ?

Armstrong se passa les doigts dans les cheveux. Même de l'autre côté de la table, Armstrong et Sangster sentaient encore la poudre et tout à coup, Alex eut la nausée.

— Nous aimons mieux l'appeler le groupe Polidori.

— Bon, dit Carerras en sortant une pipe et une blague à tabac.

Tout en préparant sa pipe, il récapitula :

— Tu ne sais pas grand-chose des vampires, ni de nous. Que peux-tu nous dire sur *toi* ?

Alex leva les yeux.

— Que voulez-vous dire ?

— Quel âge as-tu ? Où habitais-tu avant de venir ici ? Et, si tu ne sais rien de *nous*, que sais-tu de la Fondation Van Helsing ?

Alex parla lentement, se demandant cette fois si la vérité était la bonne réponse. Il la dit néanmoins.

— J'ai quatorze ans et mes parents et ma sœur habitent le Wyoming. La Fondation Van Helsing est une organisation charitable dont mon père est le président.

— Attends une seconde.

Armstrong se pencha en avant, ôtant d'un geste rapide les lunettes du visage d'Alex. Elle les examina sous la lumière.

— Hé, j'en ai besoin, protesta Alex.

Elle était floue désormais. Il ne pouvait même pas distinguer son visage et sa cécité soudaine le faisait se sentir piégé et claustrophobe.

— Il ne les porte pas en classe, dit Sangster. Je ne t'ai jamais vu avec des lunettes.

— Je porte des verres de contact, répondit sèchement Alex.

Armstrong regardait toujours attentivement la paire de lunettes.

— Pourquoi ne les portes-tu pas en ce moment ?

— Il est trois heures du matin ! dit-il.

Armstrong pinça les lèvres, puis les lui rendit.

— Elles sont normales, dit-elle, satisfaite.

Alex remit ses lunettes, très lentement.

Carerras prit la parole.

— Tu es évidemment au courant de ce à quoi se rapporte ton nom ?

Alex s'arrêta sur la question, pensant à l'absurdité de tout ceci, ces espèces de GI Joe examinant ses lunettes comme si elles pouvaient être faites de kryptonite, cet homme en costard, un kilomètre sous terre, en train de lui poser cette question ou n'importe quelle autre au milieu de la nuit.

— Vous voulez dire le « chasseur de vampires » ? Comme dans les films ? Il y a pire à porter, comme nom, dit Alex. Mais oui, j'en ai *beaucoup* entendu parler. Mon père est agacé à la simple évocation de ce personnage. C'est comme se traîner le nom de Hannibal.

Sangster secoua la tête, l'air étonné, et s'adressa aux autres.

— J'ai fait quelques recherches lorsque j'ai vu son nom sur ma liste d'étudiants. Il fait de l'escalade en montagne. Du sauvetage de randonneurs. Il a appris à survivre avec très peu, voire aucune nourriture. Il sait conduire une moissonneuse-batteuse aussi bien qu'une moto et a survécu une fois à une morsure de serpent en posant un garrot sur sa propre jambe, ce qui a failli lui faire perdre un pied.

Alex sentit une pointe de fierté et de peur en entendant son professeur de littérature faire l'inventaire des choses qu'on lui avait effectivement enseignées au cours des années. Son père avait encouragé l'ensemble de ses enfants à faire toutes ces choses. Excepté le garrot.

— Et cependant, il ne sait *absolument rien* au sujet de ce qu'il devrait connaître le mieux : les vampires. Il n'a pas été entraîné à les combattre. Pour autant que je puisse en juger, il ne connaît pas un traître mot de toute l'affaire.

Carerras demanda :

— Est-ce que l'un des Van Helsing est actif ?

— Charles ne l'est pas. Pour Amanda, nous sommes tous au courant, dit Sangster, et…

— Qu'est-ce que *cela* signifie ? demanda Alex.

— Cela signifie, dit posément Sangster, que sans ta mère, ton père ferait probablement encore partie de l'organisation.

— C'est dingue, dit Alex en se levant et en secouant la tête.

— Voulez-vous nous laisser une minute ou deux ? dit Sangster en regardant les autres.

Un instant plus tard, Sangster et Alex étaient seuls dans la salle de conférence et Sangster appuyait sur les touches d'un clavier invisible dans la table. Tandis qu'un écran descendait du plafond, il s'adressa à la table :

— Apportez-moi une eau gazeuse. Il se tourna vers Alex. Tu veux une limonade ?

— Qu'essayez-vous de dire au sujet de ma mère ? dit Alex en fronçant les sourcils.

Sangster affichait une expression qui, selon Alex, se voulait conciliatrice.

— Veux-tu quelque chose à boire ? demanda-t-il à nouveau.

— N'importe quoi.

Sangster passa la commande et reporta son attention sur le clavier. Il pressa un bouton et une image infrarouge déchiquetée emplit l'écran sur le mur : un homme sautant vers une caméra sur un balcon tandis qu'un cortège de voitures d'hommes politiques roulait dans les rues en dessous. Les ongles de l'attaquant étaient acérés, ses dents — des crocs — découvertes.

— Nous tuons les vampires, Alex.

Sangster pressa encore le bouton et une nouvelle image infrarouge apparut, montrant un autre vampire sautant sur l'une des voitures du cortège et déchiquetant le pare-brise comme un morceau de papier.

— Des types comme nous, il y en a certains qui chassent les terroristes ; d'autres font la guerre. Le Polidorium a été créé pour chasser les vampires.

— Que les vampires ?

— Euh, dit Sangster, évasif.

Il tapota le clavier invisible et montra l'image d'un jeune Italien en train de peindre.

— Voici Polidori.

Alex tenta de se remémorer les détails de leur cours sur *Frankenstein*. Tout cela semblait dater de l'année passée.

— Nous avons parlé de lui en classe. Mary Shelley le faisait passer pour un idiot. Vous avez dit que ce type semblait être un perdant.

— Voici ce que tu dois savoir si nous sommes appelés à continuer ensemble, dit Sangster avec gravité. Il y a deux Polidori. Celui dont nous avons parlé en classe et celui que nous honorons en servant cette organisation.

Deux colonnes apparurent alors sous le portrait de Polidori — deux séries de données personnelles.

La porte s'ouvrit sur un agent portant leurs boissons sur un plateau. Sangster désigna la limonade, dont Alex s'empara tout en écoutant son mystérieux professeur.

— D'après la littérature admise, John Polidori s'est brouillé avec son ami Lord Byron en 1816, peu après leur séjour au lac Léman. Brisé et dépressif, Polidori est supposé avoir succombé à une overdose quelques années plus tard.

» Voici ce que n'importe quel agent du Polidorium te dira si tu as le droit de l'entendre, et, bonté divine, tu l'as, que cela plaise à ton père ou pas.

Tout en parlant, Sangster appuya sur un bouton et un autre écran s'alluma et afficha des images : des hélicoptères et des motos, des machines et des ordinateurs, les coordonnées GPS des agents se déplaçant à travers le monde.

— John Polidori n'était pas un imbécile. Il commença à *modifier* sa vie après la parution de son ouvrage, *Le Vampire*, le premier livre moderne sur les vampires.

» En 1818, à la sortie de son livre, Polidori affronta sa première assemblée de vampires, un groupe dirigeant une fumerie d'opium à Londres. Il remonta leurs traces jusqu'à un clan à la tête d'un journal et d'une maison d'édition. Il en tua plusieurs, mais les vampires se mirent à dresser l'opinion publique contre le médecin, qui fut obligé de garder secrètes ses activités. Polidori sut bientôt tirer parti de sa mauvaise réputation. À présent, il avait une mission. Il simula sa propre mort et agit clandestinement.

» En 1831, lorsque Mary Shelley écrivit une nouvelle version de son *Frankenstein*, chacun se souvint de Polidori comme d'un idiot — y compris Mary. Elle modifia même sa description de ce qu'il était en train d'écrire — elle n'utilise à aucun moment le mot *vampire ;* au lieu de cela, elle invente une histoire au sujet d'une femme à tête de mort.

» Mais Polidori avait des amis. À la fin des années 1830, il fit la connaissance, entre autres, d'un jeune Abraham Van Helsing, qui était une personne réelle, quoi que tu aies pu entendre. Bram Stoker le rencontra lorsque Van Helsing était un vieil homme et son livre *Dracula* fut inspiré de l'histoire de Van Helsing. Bien avant ça, Van Helsing avait utilisé une partie de son immense fortune pour aider Polidori à créer son organisation. Quand Polidori mourut pour de vrai – en 1851, soit trente ans *après* sa prétendue mort –, la société Polidori couvrait l'Europe et les États-Unis et recevait des fonds provenant des caisses noires de chaque nation. De temps à autre, ils continuaient à travailler avec la Fondation Van Helsing – la fondation de recherche de ton père.

– La FVH regroupe des chercheurs et des médecins, dit Alex. Ils élaborent des vaccins contre la malaria et dirigent des dispensaires dans les pays du tiers-monde. Je ne vois pas l'un de ces types chasser les vampires dans les bois.

– Ils font plus que cela, mais les activités dont tu parles leur donne une raison d'agir aux quatre coins de la planète, dit Sangster. Et quand ils ont besoin d'une puissance de feu, ils font appel au Polidorium.

Alex fixa des yeux l'image du médecin italien qui avait travaillé avec son – *son quoi ?*

– Donc, Abraham Van Helsing était mon…

– Arrière-arrière-arrière-grand-père, dit Sangster. Cela fait trois *arrière*.

– Connaissez-vous mon père ?

– Pas personnellement.

— Mais c'était un… il était ce que vous êtes.

— C'était un agent, oui.

— Il ne m'en a jamais parlé, dit Alex en revoyant la créature aux crocs blancs qui le poursuivait à travers bois. Et puis autre chose.

— Si vous avez fait des recherches sur moi, demanda Alex lentement, alors êtes-vous au courant pour…

— Pour ton ancienne école ? finit calmement Sangster, quand Alex s'aperçut qu'il n'arrivait pas à achever sa phrase.

Alex opina.

À Frayling Prep, Alex avait senti le bourdonnement pour la première fois. Au début, il avait mis cela sur le compte de l'éloignement dû à l'internat, du manque de sa famille qu'il avait laissée derrière lui. Mais il remarqua alors que le bourdonnement semblait ne survenir qu'en présence de l'un de ses camarades de classe, un type appelé Max Pierce. Pierce avait l'air plutôt inoffensif — oui, il s'en prenait à des élèves plus jeunes, mais il était loin d'être aussi mauvais que Merrill & Merrill, quoi qu'Alex ait raconté à Paul, Sid et Minhi à Secheron un peu plus tôt ce jour-là. Mais Alex n'arrivait pas à surmonter ce malaise. Il s'en était ouvert à son père qui lui avait répondu qu'il ne dormait sans doute pas assez et que ce n'était que des migraines.

— Elles sont courantes dans la famille, avait dit son père.

Puis il y avait eu l'incident. En train de travailler un soir dans la bibliothèque, Alex avait levé les yeux vers la fenêtre à temps pour voir un individu sortir en courant de la chapelle du campus Frayling. À ce moment, Alex avait à nouveau senti le bourdonnement marteler son esprit, menant ses pas jusqu'au parc, dehors.

Il avait découvert Pierce dans un arbre, épiant un dortoir de filles. Pierce n'avait pas de chaussures et se servait de ses orteils pour garder son équilibre et, quand Alex l'avait appelé, Pierce avait pivoté dans sa direction avec un regard lubrique et il bavait. C'était comme si Pierce était dominé par la part animale en lui. Pierce s'était jeté sur Alex.

Pierce ne s'était pas battu comme un enfant ; il se battait comme un fou, en griffant et en mordant. Alex s'était défendu à l'aide des techniques qu'on lui avait enseignées — et des réflexes d'une rapidité sortie de nulle part. Le combat fut rapide et brutal et accompagné d'un son qu'Alex aurait qualifié de « grondement » — le grondement d'un animal, sortant de la bouche de Pierce. Et à la fin, Pierce était étendu là, le nez et la bouche en sang, inconscient. Horrifié par ce qu'il avait fait et incertain de ce qu'il avait vu, Alex s'était mis à trembler de façon incontrôlée et c'est à ce moment-là que le directeur, quittant son bureau pour rejoindre sa voiture, les avait trouvés.

— Pierce était un loup-garou, Alex, dit Sangster.

Il appuya sur quelques touches du clavier incrusté dans la table et voilà qu'apparut le visage d'Alex à côté du rapport d'expulsion de Frayling. Et aussi : une photo de Pierce. Non, deux photos. L'une représentait la photo d'identité de l'élève Pierce et l'autre une tête de loup avec des yeux qui semblaient familiers. Ceux de Pierce.

— Pourquoi avez-vous ceci ?

— Cette entrée dans la base de données figure sur notre serveur américain ; elle a été signalée par un appel anonyme. Nous pouvons garder un œil sur lui maintenant. Votre bagarre a eu lieu au milieu d'un cycle lunaire — Pierce était impatient de muter mais la transformation totale nécessitait une autre semaine encore. Pendant la journée, il était normal, donc personne à part toi n'a rien remarqué.

— L'école a appelé mon père, dit Alex, presque pour lui-même. Il est arrivé immédiatement. Il était furieux. Il a parlé aux avocats et à la police et m'en a sorti avec une simple expulsion : pas de prison, rien dans les journaux. Je dois dire que je m'en suis bien sorti, mais quand nous avons été seuls tous les deux et que je lui ai dit ce que… ce que je *sentais*, la façon dont Pierce avait agi, il m'a fait promettre de ne plus jamais en parler. Il a dit que les gens penseraient que j'étais fou. C'était comme si lui-même pensait que *j'étais* fou. Mais si ce que vous dites est vrai, il avait sans doute tout compris. Il savait que Pierce était un loup-garou.

Alex ne pouvait s'empêcher de se sentir trahi par cette révélation. Son père lui avait menti, pire, il l'avait fait s'interroger sur sa propre santé mentale. *Comment avait-il pu ? Qu'aurait-il pu y avoir de pire ?*

— Alors… pourquoi ne m'a-t-il rien dit ?

— Je ne sais pas pourquoi il ne t'a rien dit, dit Sangster. Mais il t'a entraîné. Toute ta vie. Auto-défense. Sauvetage en montagne. Que cela lui plaise ou non, il sait ce que tu vas devenir.

Alex se demandait si Papa savait qu'il avait consacré la majorité de la semaine passée à défendre sa vie.

— Qui était-ce sur la route, ce soir ?

— Icemaker, répondit Sangster.

Il enfonça des touches à nouveau et un autre portrait apparut — un homme aux yeux cruels et aux cheveux coiffés en arrière.

— C'était l'escorte d'un chef de clan, un grand chef, que nous appelons Icemaker.

— Vous l'appelez ainsi à cause du froid ? demanda Alex.

— Exactement.

— Vous donnez des noms de super héros à tous les vampires ?

Sangster sourit.

Alex reprit :

— Alors, qui est ce Icemaker ?

— Crois-le ou non, Polidori le connaissait sous le nom de Lord Byron, dit Sangster.

Le portrait se transforma en une image plus ancienne. Les yeux et le visage étaient les mêmes, mais à présent, les cheveux étaient plus longs et l'homme portait des vêtements style XIXe siècle.

— Le poète... et le premier vampire que Polidori ait jamais affronté. Le dernier été où le groupe d'amis s'est rassemblé, l'été hanté, fut celui où Byron a commencé à fréquenter des vampires. Byron était un homme arrogant, qui séduisait chaque femme qu'il rencontrait, et qui était capable de battre n'importe quel homme à n'importe quel concours, mais il était torturé par son manque d'assurance — à propos de son pied bot, de sa taille, de sa réputation en tant qu'écrivain. Le vampirisme attire ceux qui veulent devenir plus importants qu'ils ne sont. Il fallut des années à Byron avant d'être un vampire complet, mais Polidori l'avait vu venir. Ce n'est évidemment pas le genre de choses que j'enseignerai en classe.

Quel dommage pour Sid, pensa Alex. Sangster poursuivit :

– Aujourd'hui, Icemaker a sous ses ordres des milliers de soldats vampires. Il est très secret, même pour un chef de clan. Mais sache ceci : il est extrêmement dangereux. Quand il a besoin de sang, il ne se contente pas de partir à la chasse et de tuer quelques humains, il en tue des centaines. Il va attaquer, geler une ville et n'en laisser que des miettes.

– Savez-vous pourquoi il est ici ? demanda Alex.

– Nan. On a entendu dire qu'il a détruit un de nos vaisseaux, le *Wayfarer,* en route pour un entrepôt aux États-Unis, et son chargement de reliques et autres biens. Puis nous avons tout à coup retrouvé sa trace par ici. Quelque chose a retenu son attention et l'a ramené vers le lac Léman.

– Où se rendaient-ils ? Où pourraient-ils entreposer tous ces véhicules ?

– Dans un endroit que nous ne parvenons pas à découvrir, dit Sangster. Un endroit encore mieux caché que celui-ci : un endroit appelé Scholomance.

Alex hocha la tête. Il avait déjà entendu ce mot.

– C'est une planque ?

– C'est une école, une université plutôt, une sorte d'école d'ingénieurs pour vampires.

– Et c'est par ici ?

— On le pense, dit Sangster.

Il pianota à nouveau et Alex faillit s'étrangler avec sa boisson.

Là, sous ses yeux, une photo floue qui représentait son propre père, un homme maigre et faisant peu d'exercice, vingt ans plus jeune, plus mince, et accroupi derrière un mur en ruines en train de parler dans une radio.

— Où a-t-elle été prise ?

Sangster leva les yeux.

— Hmmm... je dirais Prague.

— *Quand* ?

— Je pense que c'était peu avant ta naissance.

Sangster adressa un regard inquisiteur à Alex. Il sourit puis dit :

— *Allez,* Alex.

— Quoi ?

— Encore une fois : tu n'as *vraiment* jamais entendu parler du Polidorium ni du travail qu'il effectue ? Ta connaissance de la Fondation Van Helsing se limite à ses activités charitables ?

— Oui ! Tout ce que vous avez dit.

Alex ne pouvait détacher son regard de la photo. Incroyable. *Papa était un véritable espion se cachant derrière des immeubles en ruines et prenant des photos.*

— Ces choses-là n'arrivent pas, murmura Alex.

— Comment ?

— Toute ma vie, mon père a balayé tout ce qu'il pensait n'avoir aucun sens d'un « Ces choses-là n'arrivent pas ». Mais il se trouve que tout ce qui n'arrive pas arrive en réalité.

— Sans doute pas tout, dit Sangster. En tout cas, on ne peut pas t'empêcher de parler. Même si l'on essayait, les drogues finissent par se dissiper. Je n'ai pas la moindre idée de ce que nous allons faire de toi.

— Est-ce que *je* peux apprendre tout ça? dit Alex en s'approchant de l'écran.

— Peut-être devrais-tu poser la question à ton père, dit Sangster en examinant Alex.

— Je ne comprends pas. Pourquoi m'aurait-il envoyé ici s'il ne voulait pas me voir impliqué là-dedans.

— Il ne t'a pas envoyé *ici*, répondit Sangster, il t'a envoyé dans l'une des écoles privées les plus prestigieuses au monde.

Le professeur/agent se mordit la lèvre.

— Je ne pense pas qu'il sache que le Polidorium a un emplacement au lac Léman. C'est top secret et il n'existe que depuis que nous avons centré nos recherches sur Scholomance. Nous ne partageons pas ce genre d'informations avec des anciens agents.

— Si vous lui en parlez, il me fera sortir d'ici, dit Alex avec gravité. Ce sera fini pour moi. Je ne le veux pas. J'en sais trop pour abandonner.

Sangster se leva, appuya sur une touche et l'écran devint noir. Puis il se retourna vers Alex, l'air grave.

— Alex, peux-tu les sentir?

Alex resta assis en silence un moment.

— Je crois que oui. Quand ils sont proches. Je l'ai senti l'autre nuit dans ma chambre.

— À l'école?

— Oui, et c'était — elle était — là, dehors, devant ma fenêtre. Et… je l'ai également senti à Frayling.

Dans sa tête, Sangster pesait le pour et le contre.

— Es-tu fatigué ?

Alex dut reconnaître qu'il l'était.

— Rentrons à l'école. Le jour va se lever dans quelques heures.

Ils sortirent du bureau et trouvèrent Armstrong et Carerras en pleine conversation dans l'entrée.

Sangster alla chercher une veste et un casque pour Alex. En l'attendant, Alex regarda les autres membres du commando s'affairer, remettre leurs armes en place, aller et venir.

Armstrong parlait à Carerras, qui tirait sur sa pipe.

— Toujours aucune idée de l'endroit où ils sont, disait Carerras.

— On aurait peut-être pu le découvrir ce soir.

— On ne sait jamais.

Sangster revint et tendit le casque à Alex.

— Si tu l'as senti l'autre nuit avant qu'il te pourchasse à l'école, c'est encore pire que ce que je pensais.

— Que voulez-vous dire ?

— Ils savent que tu es là.

Chapitre 9

— Debout et en avant, héros, disait Paul.

Alex, étendu sur son lit de fortune, fit la grimace, tandis que Paul et Sid allaient et venaient dans la chambre inondée de soleil. Il se réveilla en clignant des yeux.

— Quoi ?

Paul était en train de regarder dans le miroir l'ecchymose d'un bleu brillant qui s'étalait sur le côté de sa tête.

— Tu n'as pas intérêt à rater le petit déjeuner ce matin, dit-il. Tout le monde va t'acclamer après la soirée d'hier.

Alex resta perplexe pendant un instant, puis tout lui revint en mémoire. Après les bois, les motos, les vampires et la cave, il avait complètement oublié que la soirée avait commencé avec la bagarre de Secheron. En fait, il avait failli regagner la chambre des Merrill après que Sangster l'eut déposé sans un mot à la porte.

Alex fit sa toilette et mit ses verres de contact comme un zombie, tandis que Paul et Sid, à côté de la porte, attendaient pour descendre au réfectoire.

Sid était en train de le regarder.

— Tu as une sale mine, dit-il.

— Peut-être est-ce dû au fait de dormir par terre, dit Paul. Je vais voir si on peut ajouter d'autres couvertures.

— Non, non.

Alex fit un geste de la main, son esprit toujours en effervescence par rapport à tout ce qu'il avait vu.

— Non, c'est parfait.

Il s'aspergea à nouveau le visage. Ses yeux étaient un peu irrités, mais il se sentit mieux après avoir mis ses verres de contact. Il était en train de penser au moment où les créatures l'avaient repéré, accroupi près du… près du vélo de Sid.

Il se frappa le front, écœuré.

— Le…

Il se retourna, attrapa ses baskets et les enfila.

— Allez-y, les gars.

— Qu'est-ce que tu fais ? dit Paul en le regardant fixement.

— J'ai oublié… je voulais aller faire un tour. Tu sais… réfléchir, dit-il d'un ton gêné.

— Tu voulais… *réfléchir* ?

Paul répéta le mot comme s'il ne l'avait jamais entendu. Il pointa du doigt les cicatrices sur son visage et son cou.

— Tout le monde va nous acclamer. Regarde mon visage ! C'est comme une médaille.

Alex lui donna une claque sur l'épaule tout en se précipitant dehors.

— Profites-en !

Il courut en bas de l'escalier, passa devant les élèves aux yeux bouffis qui se dirigeaient vers le réfectoire. Le directeur Otranto entrait et Alex faillit lui rentrer dedans, provoquant un bref regard désapprobateur.

Franchir la porte, le chemin, passer le portail, un rythme régulier jusqu'à la route. Il avait oublié le vélo de Sid, abandonné dans les bois à mi-chemin de Secheron. Il était content d'être là — il avait envie de retrouver les bois. Contrairement à l'école, les bois représentaient un monde plus clair, peuplé de monstres à capuche et d'agents en moto. Chaque centimètre de la zone était plein d'une énergie d'un genre qu'il ressentait rarement dans sa vie quotidienne d'étudiant. Il y avait là une énergie ayant un but. Des héros en mission. Alex réfléchissait dur tout en courant.

Il ne reconnaissait pas les arbres dans la lumière du jour, mais au bout d'un moment, il sentit qu'il atteignait le virage où il avait quitté la route et vu la caravane commencer à défiler. Il finit par apercevoir le reflet du catadioptre sur le vélo de Sid, couché dans les feuilles.

Alex se figea. Là, appuyé contre un arbre, les bras croisés, il y avait Sangster, vêtu d'un survêtement de jogging bleu marine.

— Nous devons parler, dit-il.

Alex alla vers le vélo et le souleva.

— Je veux en être, dit-il.

— Que veux-tu dire ? demanda Sangster.

— Vous m'avez montré des photos de mon père. Je peux le faire. Je veux me joindre à vous.

— Es-tu certain d'avoir besoin de faire ça tout de suite ? demanda Sangster. Tu es doué et tu es chanceux, mais je dois reconnaître que je suis inquiet de te savoir dans le coin.

— Que suis-je censé faire d'autre ? demanda Alex et il posait la question avec sincérité. Même si je voulais être normal, mener une vie normale — j'ai ces vibrations dans la tête quand je vois ces — attendez, oui — *monstres*.

— Et ils le savent, dit Sangster. Je suis prêt à parier que Scholomance a eu vent qu'un Van Helsing se trouvait à Genève.

— Quand vous avez inspecté mes lunettes, hier soir, vous agissiez comme si vous me suspectiez de vous espionner, dit Alex. Pour le compte de mon père, j'imagine.

— En effet.

— Pourquoi voudrait-il que je fasse ça ?

— Nos relations sont délicates, dit Sangster.

— Vous devez comprendre que c'est un côté de mon père que je ne connais pas. Je veux l'apprendre. Je veux apprendre pour faire ce qu'il a fait.

— Alex, dit Sangster sur un ton apaisant, il faut des années pour l'apprendre. Et tu *as* des années.

— Oh, lâchez-moi, dit Alex.

Sangster était en train de lui expliquer qu'il était un enfant. C'était de ça qu'il était question. Alex était furieux. La nuit dernière, Sangster avait semblé prêt à lui passer une mitrailleuse.

— D'abord, j'ai déjà tué une de ces choses sans l'aide de votre entraînement. Et ensuite, je peux apprendre ce que vous faites. Vous croyez que je ne sais pas conduire à travers des *arbres* ?

Sangster pencha la tête.

— Je n'ai pas dit que je ne pensais pas que cela arriverait. Je te l'ai déjà dit. *Un jour.*

Alex commença à faire rouler le vélo.

— Je dois y aller. Paul et Sid attendent.

— Sois prudent sur la route, le prévint Sangster, ajoutant à l'irritation d'Alex.

Alex fit demi-tour et arriva au réfectoire au moment où Paul et Sid se levaient de table. Comme on pouvait s'y attendre, une foule d'admirateurs les entouraient, regardant réellement les écorchures et blessures de Paul comme des lettres de noblesse. Le corps d'Alex était recouvert de bleus, invisibles pour la plupart, et il sentit une pointe de jalousie.

— Bonne promenade ? demanda Sid.

Alex haussa les épaules.

Une main venue de derrière se referma sur son épaule. Alex se retourna, imaginant déjà un démon à crocs prêt à dévorer la moitié de sa tête. Presque. C'était Bill Merrill.

— Tu n'es pas rentré hier soir, dit Bill.

Derrière Alex, Paul et Sid devinrent graves. Steven Merrill, qui soignait ses propres blessures, n'était pas loin.

— J'étais là, dit Alex d'un ton égal. Tu ne t'en souviens pas ?

Cette réponse prit Bill de court. Il fut sur le point de répondre, puis renonça et sembla y réfléchir. *Plus vite, Bill,* pensa Alex. Bill se retourna vers Steven, qui pinça ses lèvres.

— Ouais, finit par dire Bill. Peut-être bien. Mais ne va pas t'imaginer qu'on en a fini.

— D'accord, dit Alex.

Paul indiqua d'un geste que le temps filait.

— C'est samedi, les gars. Samedi. Pour l'amour de Dieu. Passons tous à autre chose.

Bill et Steven se consultèrent et se mirent d'accord.

— À ce soir, mon pote, dit Bill.

— Sans faute, dit Alex, sachant qu'ils étaient contents d'être débarrassés de lui.

Il espérait que cela n'irait pas plus loin.

Alex, Paul et Sid passèrent le reste de la journée à traîner sans but dans le parc. Après le déjeuner, ils allèrent se poster sur les remparts et lurent des piles de magazines et de bandes dessinées de Sid.

Alex lisait une BD de vampires intitulée *La Tombe de Dracula* et, malgré les événements de la semaine passée, son sentiment premier était la culpabilité. Son père avait toujours interdit les livres traitant du surnaturel et, pour la première fois, pensa Alex, il avait une idée de ses motifs. Il ne pouvait cependant pas s'empêcher de comparer les personnages pâlichons de la BD à ceux qu'il avait vus, même s'il ne pouvait en parler à voix haute.

— Quel a été le premier livre de vampires ? demanda Alex.

Sid s'appuya contre le mur.

— De vampires modernes ?

— Que veux-tu dire ?

— Je veux dire qu'il y a toujours eu dans les familles des histoires de fantômes revenant hanter les fils qui les avaient embêtés, dit Sid. Un vampire moderne, c'est genre Dracula, un humain revenant, tu sais, qui suce le sang et chasse les femmes.

— Ouais, ceux-là.

— Deux ouvrages importants sont parus en 1816 — *Christabel,* de Coleridge, mais il s'agit d'un poème et tu veux des livres, poursuivit Sid, cela nous ramène donc au *Vampire* de Polidori. En réalité, ce dernier parlait évidemment de Lord Byron.

— Lord Byron, le poète ? demanda Paul.

Alex resta silencieux.

Sid approuva.

— Il est appelé Ruthven dans le livre, mais il est question de la façon dont il séduit et détruit chacune des personnes qu'il rencontre. Il est clair pour tout le monde que Polidori écrivait sur Byron. Byron était cruel, mec. Cette fille, Claire, la demi-sœur de Mary Shelley ? Elle était obsédée par Byron et le suivait partout, mais quand ils ont eu un enfant, Byron a insisté pour s'en occuper et a interdit à Claire de s'en approcher. Puis il s'est lassé de son éducation et l'a collée dans un couvent, où elle est morte avant ses six ans. Cet homme était si mauvais que certains pensent que la métaphore vampirique de Polidori n'était pas une métaphore du tout.

Alex secoua la tête, impressionné.

— Je te crois sur parole.

Sid se leva et regarda les bois et le lac au-delà des remparts.

— Nous avons des vampires *ici.*

— *Allez,* dit Paul avec un grognement de mépris. De telles choses n'existent pas. Pas dans la vraie vie.

— Que crois-tu qu'il est arrivé à cette femme sur la place ? demanda Sid avec insistance. N'allez pas dans ces bois à la nuit tombée, c'est tout ce que je dis.

Paul se mit à ricaner et Alex voulut l'imiter. Au bout d'un moment, Paul dit :

— T'arrive-t-il de ne pas avoir l'air triste ?

Alex eut un sourire gêné.

— Est-ce l'air que j'ai ?

Paul posa ses énormes avant-bras sur ses genoux et dit :

— Quand je suis arrivé ici — cela fait trois ans —, je passais mon temps à penser à Ealing. C'est le quartier où j'habitais. J'y pensais sans arrêt. Les parcs où j'allais faire du vélo, mes amis. J'en étais arrivé au point où, si je n'y pensais pas, je me sentais coupable de *ne pas* y penser.

Sid hocha la tête en direction d'Alex, confirmant la véracité des propos.

Paul dit :

— Alors, le comte Dracula ici présent a commencé à me casser les pieds avec Londres. Est-ce que j'étais allé là où ils ont réalisé ces films Hummer.

— Hammer, dit Sid. C'est une série sur les vampires.

— Les films Hammer. Peu importe. Et puis il y a les cours, et des réponses à toutes ces foutues questions. Petit à petit, je me suis aperçu que ma vie était ici, au moins pour le moment.

— Ta vie consistait à parler de chez toi au lieu d'y penser ?

— Ma vie était tout ce qui se passait, dit Paul. Qu'est-ce qui te manque ?

— Je ne sais pas, dit Alex en essayant de réfléchir. Nous regardons beaucoup de vieux films, c'est ce que préfère ma mère. Et ça me manque de ne plus skier avec ma sœur.

Ce n'était pas tout à fait exact, sauf si l'on comprenait par skier, sauvetage à ski. Sa petite sœur Ronnie, malgré ses douze ans, était déjà une grande passionnée de recherche et sauvetage et lorsqu'ils habitaient le Wyoming, Alex et elle s'étaient donnés à fond dans l'entraînement qu'ils avaient la chance de recevoir. Ronnie était la plus téméraire de ses quatre frères et sœurs.

— Eh bien, laisse-moi te dire quelque chose, mec, dit Paul. Tu peux garder ça. Mais chez toi tout le monde voudrait sans doute que tu vives ta vie le mieux possible, ici.

Ils se plongèrent dans les shôjo que Sid avait empruntés à Minhi.

Quand Alex jeta un œil au premier shôjo, orné d'un superbe ange à ailes noires tenant une guitare, il vit son nom griffonné sur la quatrième de couverture.

— Minhi avec un « h », dit-il.

Il ouvrit le livre et un morceau de papier déchiré, provenant du petit carnet rose de Minhi, en tomba. Il le ramassa. Après l'avoir parcouru, Alex demanda :

— Vous avez vu ça, les gars ?

Paul et Sid secouèrent la tête.

— Quoi ?

Sous le numéro de téléphone et l'adresse courriel, le papier disait : RÉCITAL D'AUTOMNE ET COCKTAIL. SAMEDI 20 H. ÉCOLE LALAURIE.

C'est une invitation, dit Alex en se levant. Il s'appuya un instant contre les remparts, contemplant le lac, ayant un peu l'impression d'être un chevalier.

Chapitre 10

À 19 h, les garçons, sur leurs vélos, se rassemblèrent au portail. Ils pensaient en avoir pour quarante-cinq minutes à faire le tour du lac par le côté le plus bas avant d'arriver à LaLaurie.

— Tu es plutôt chic, dit Paul à Alex, qui portait une veste de l'école empruntée à Sid — il n'avait pas encore la sienne — et un pantalon qu'il avait réussi à récupérer en même temps qu'un sac rempli d'affaires de son ancienne chambre.

La veste de Sid était un peu juste aux épaules pour Alex, mais celle de Paul l'avait enveloppé comme un linceul quand il l'avait essayée. Il avait donc décidé d'opter pour celle qui était un peu serrée.

Ils profitèrent d'une autre information que leur donna Paul. Le samedi, le couvre-feu de 22 h était notoirement relâché pour la simple et bonne raison que les garçons plus âgés chargés de le faire respecter avaient tendance à être eux-mêmes dehors.

Ils pédalaient à une allure régulière sur la route sinueuse tandis que le soleil se couchait, discutant tout du long. Paul et Sid informèrent Alex des cours, des professeurs, des traditions de l'école. Tout le monde convenait que la bibliothécaire était torride mais probablement capable de vous mettre en pièces et que Sangster était de loin le plus exigeant de leurs professeurs. Sid dit qu'Otranto était connu pour avoir des pouvoirs supérieurs au commun des mortels dès lors qu'il s'agissait de besoins pour son école ou ses étudiants ; une fois, il avait réussi à obtenir des visas touristiques pour la Russie pour l'équipe des athlètes de Glenarvon en moins de quarante-huit heures. Le type avait des relations, mais aucune vie sociale – du moins en apparence. Ce n'était pas un hasard : les professeurs et le personnel vivaient tous dans un complexe d'appartements à l'autre bout du campus, où les étudiants n'étaient pas les bienvenus. Alex prit note de tout, follement heureux d'être débarrassé de l'extrême bizarrerie des jours passés.

Ils finirent par arriver sur une allée bien entretenue, sous un porche annonçant École Lalaurie. Les garçons restèrent silencieux en passant des haies soigneusement taillées avant de déboucher dans un immense stationnement. Ils attachèrent leurs vélos à un support à vélos le long d'un mur à proximité de l'entrée. Le stationnement était rempli de Jaguar de course vertes, de Rolls-Royce grises et d'un nombre incalculable de Mercedes.

En s'approchant de la porte d'entrée, Alex, Paul et Sid virent que la pelouse grouillait d'invités. Ils parvinrent en haut du grand escalier arrondi et restèrent sur le côté un moment.

– Laissez-moi parler, dit Paul entre ses dents.

– Les gars, fit une voix.

Ils se retournèrent et virent Sangster grimper les marches en veste de soirée et pantalon noir. Il avait en mains un vieux livre relié de cuir entouré d'un ruban argenté et d'un nœud.

— M. Sangster ! hoqueta Sid.

Alex, déjà en train d'essayer de comprendre de quelle façon il les avait suivis, s'aperçut qu'il y avait un millier de façons, surtout s'agissant de M. Sangster.

— En voilà une surprise, dit Alex.

— Ouais, j'aurais aimé savoir que vous veniez ! dit Sangster en souriant.

Il vint à l'esprit d'Alex que Sangster le prof était un personne différente de Sangster le… *quoi que soit l'autre Sangster.* Les différences étaient subtiles mais bien là. Il se demanda si Sangster lui-même les voyait.

— Alors, est-ce que *quelqu'un* sait que vous êtes là ?

Paul regarda les autres et se lança :

— Que voulez-vous vraiment dire par *sait* ?

Sangster balaya sa remarque d'un revers de la main.

— Laisse tomber.

— Êtes-vous là pour… affaires ? demanda Alex sombrement.

— Pas vraiment. Vous avez donc une invitation ? dit Sangster en levant les yeux vers la porte d'entrée, devant laquelle une femme en blouse de soie tenait un écritoire à pinces et vérifiait les noms.

— Alex, le papier est dans ton sac, mec.

— Une *sorte* d'invitation. En fait, dit Alex, nous allions improviser.

Sangster hocha la tête.

— Très bien.

Tandis qu'ils montaient l'escalier de devant, Alex interrogea Sangster à voix basse :

— Ignoriez-vous réellement que nous serions là ?

Sangster lui adressa un regard suggérant qu'Alex devait penser qu'il était né de la dernière pluie. Puis il s'éloigna et s'avança vers la femme à la porte. Elle eut un instant de flottement en voyant Sangster approcher, puis son visage surpris s'éclaira. Ils s'étreignirent brièvement et Sangster montra le livre qu'il avait apporté. Elle montra encore plus de surprise puis une reconnaissance sincère.

Alex suivit ces quelques secondes de pantomime — ils s'étaient déjà rencontrés, mais ne se connaissaient pas bien.

Sangster faisait à présent des signes en direction des garçons, qui se tortillaient dans leurs chaussures de ville, et Alex entendit les mots « jeunes groupies ».

Alex regarda la femme pencher la tête d'un côté et de l'autre, *Bon, d'accord*. Elle toucha le coude de Sangster.

Et ils entrèrent.

La salle de spectacle de l'école LaLaurie se trouvait sur la droite. L'un dans l'autre, c'était assez semblable à Glenarvon, en plus fleuri. L'entrée de la salle de spectacle donnait sur une antichambre dans laquelle de nombreux étudiants allaient et venaient. L'excitation était présente partout et Alex ressentit une étrange jalousie en voyant des filles en uniforme présenter des amis à d'autres amis, des amis à des parents et des parents à des professeurs.

— J'ai l'impression d'être un intrus, dit Alex à Paul, qui lisait un programme.

Sid pâlissait.

Tout à coup, quelqu'un fit des signes du côté de l'entrée de l'auditorium. C'était Minhi. Elle leur faisait signe à tous de venir, de ses longs bras maigres, et Sangster les conduisit à travers la foule, avec un vague sourire à Alex.

— Regardez ces gentlemen en veste, dit-elle.

— Ouais, j'ai dû emprunter la mienne, c'est pour ça qu'elle est si petite, dit stupidement Alex.

Il soupira involontairement. *Passons à autre chose.*

— Tu connais Paul et Sid. Voici notre professeur de littérature, M. Sangster.

Minhi fit une petite révérence.

— En quoi consistera votre performance ? demanda Sangster.

— Ils disent là-dessus…

Paul tenait un programme qu'on lui avait passé.

— Eh bien, je vois « ballet », « poésie » et « chant », et puis c'est toi.

— Et puis c'est moi, dit-elle en souriant avec ironie.

— Tu ne vas pas lire de la poésie ? demanda Alex.

— Je ne suis pas certaine que je vous aurais invités pour ça, dit-elle avec un sourire.

Elle regarda sa montre et dit :

— Il y a des places en bas, à droite. On se voit après le spectacle.

Sangster, Alex, Paul et Sid entrèrent en file indienne dans l'auditorium, trouvèrent des sièges et s'installèrent pour un cauchemar fait de plusieurs ballets, l'interprétation de l'Ave Maria par trois solistes différents et beaucoup… beaucoup… de poésie.

Puis vint le tour de Minhi.

Elle bondit sur scène, pieds nus, vêtue d'un legging et d'une tunique noirs, et commença la démonstration de son propre art. Elle se déplaçait avec fluidité, les muscles dynamiques, exécutant en souplesse un numéro qui ressemblait à du karaté mais dont la force était interne, profonde et maîtrisée. Minhi dessinait des figures spiralées dans l'espace, faisait sortir l'énergie par l'ouverture et la fermeture de ses poings, démontrant une puissance naturelle, comme innée. Le plus spectaculaire venait du paradoxe de ses mouvements à la fois lents et décisifs, imparables, radicaux.

— Kung Fu ? murmura Alex.

— *Hung-gar,* rectifia Sangster en murmurant. Ne te fie pas à la lenteur. Elle pourrait te décrocher la tête.

Il y eut d'autres performances, dont Alex ne garda aucun souvenir.

Après le récital, Paul, Sid, Minhi, Alex et Sangster laissèrent la foule et sortirent par une porte-fenêtre donnant sur l'immense pelouse s'achevant sur le lac. Le soleil avait pratiquement disparu, mais des lampadaires délimitaient le périmètre de la pelouse, elle-même parsemée de statues classiques.

Alex rivalisait de compliments enthousiastes avec Paul et Sid.

— C'était… C'était fantastique.

— On aurait dit un héros de film d'action, dit Sid.

— Encore ! dit Alex. On dirait que c'est la deuxième fois que tu es une héroïne de film d'action. Hé, *il* a dit que tu pouvais décrocher la tête de quelqu'un, dit Alex en montrant Sangster.

Sangster, qui marchait les mains dans les poches, haussa un sourcil.

Minhi les conduisit en souriant jusqu'à une digue flottante au bord de l'eau. C'était son idée de s'éloigner des familles et des élèves.

— Pourquoi ta famille n'est-elle pas là ? demanda Paul à Minhi.

— C'est très loin, dit Minhi. J'irai les voir aux vacances de Noël.

Alex revint vers Sangster et, ses pensées se reportant sur la chasse à Scholomance, changea de ton. Il demanda à voix basse :

— Comment vont vos amis ?

— Ils sont impatients, dit Sangster en regardant le lac. Comment une forteresse entière peut-elle se cacher de la vue de tous ?

— Alliez-vous la trouver hier soir ?

Sangster jeta un coup d'œil à Alex.

— Peut-être. On ne sait jamais. Mais nous sommes allés d'un côté et la caravane d'un autre. Nous avons raté l'entrée cette fois.

— Pourraient-ils être sous terre ?

— Nous avons cherché, dit Sangster. Tout autour du lac.

— Et qu'en est-il — Alex cherchait ses mots — de la cinquième dimension ?

Sangster sourit.

— Tu regardes trop de films.

Alors qu'ils atteignaient la rive et l'étroite digue menant à une plateforme flottante plus grande munie de barrières métalliques et sur laquelle étaient ménagés des emplacements réservés aux cannes à pêche, Alex entendit quelqu'un appeler :

— M. Sangster !

Ils se retournèrent tous.

Alex demanda à Minhi :

— Qui est-ce ?

— C'est la sous-directrice, Mme Daughtry, répondit Minhi.

La femme traversait rapidement la pelouse en leur direction, mais elle souriait. Sangster lui fit un signe.

— *Mme* Daughtry ?

La femme rit.

— Non, c'est Mlle, rectifia-t-elle.

Elle tenait le livre que Sangster lui avait apporté et elle l'agitait.

— Je me souviens que vous faisiez partie de la commission Coleridge à la conférence de Bruxelles, mais j'ai été stupéfaite que vous vous soyez souvenu…

— Que vous cherchiez la seconde édition de Blake ? dit Sangster en finissant sa phrase. Ah, je suis tombé dessus. Voulez-vous vous joindre à nous ?

Mlle Daughtry prit la main offerte par Sangster et ils passèrent de l'appontement à la plateforme.

— Pourquoi pas ? dit-elle. Mettez-vous à ma place. Il y a ici quatre invités et une de mes étudiantes primées.

— Hé, c'est un maître du kung-fu, dit Paul.

Minhi lui donna un petit coup sur le bras.

Sangster se tourna vers Alex, Sid et Paul.

— Mlle Daughtry est sous-directrice ici, à LaLaurie, mais elle est aussi une spécialiste de l'époque victorienne.

J'ai lu un de ses articles qui a changé ma façon d'enseigner la moitié de mes cours.

Il s'appuya contre la barrière et ajouta :

— Allez, reconnaissez-le, vous vous ennuyiez à mourir à l'intérieur.

Mlle Daughtry rit.

— Étiez-vous déjà venu à LaLaurie ?

Sangster secoua la tête.

Sid était en train de mitrailler Minhi de questions sur son art.

— Avez-vous des armes ? Tu sais, comme un saï en argent ?

— C'est vraiment une autre forme de kung-fu, dit-elle.

— Peux-tu nous en montrer plus ? demanda Paul.

Alex se sentit mal à l'aise sans comprendre pourquoi. Il regardait Minhi commencer sa démonstration de la posture du cavalier assis à l'arc, genoux pliés et centre de gravité bas, quand un bourdonnement soudain fit vibrer sa tête. La température chuta — -20° ? -12° ? Minhi, dessinant toujours son arc imaginaire, se tourna en même temps que les autres vers l'eau.

Il sembla tout d'abord qu'une vague étrange se formait sur le lac, soulevant et faisant s'écarter l'eau comme le sillage d'un hors-bord, à deux détails près — il n'y avait pas de hors-bord et l'eau gelait.

Alors que le bourdonnement explosait dans son esprit, Alex vit l'étendue de glace se propager à la surface du lac, venant de l'obscurité au loin et se dirigeant directement vers eux.

Alex se mit à faire des gestes vers l'école.

— Venez, dit-il fermement en regardant ses amis. *Descendez du quai. Rentrez.*

— Quoi ? demanda Minhi, hébétée.

Ils avaient tous les yeux fixés sur la glace.

— Faites-moi confiance !

Alex jeta un œil par-dessus son épaule en atteignant la rive et il put distinguer des formes sur ce qui semblait être maintenant un pont gelé tout découpé. Des individus couraient dans le brouillard qui recouvrait l'eau et la glace.

Alex se tourna vers Sangster.

— C'est lui.

Sangster cria :

— Tout le monde à l'intérieur !

Ils se mirent à courir comme un seul homme. En passant une énorme statue, quelque déesse dans un char, entourée d'oiseaux, Alex sentit qu'au bourdonnement s'associait un nouveau son, à la fois à l'intérieur et à l'extérieur de son esprit. Les envahisseurs — les agresseurs — étaient en train de scander une mélopée. Il se retourna une seconde, s'arrêta, incapable de faire autre chose qu'écouter.

Et tout à coup ils furent là, touchant la rive. Un individu sorti des flots semblait rassembler la buée autour de lui. À son approche, l'air autour de la statue gela, couvrant de glace le char en marbre. L'homme, grand, arrivait vite. Plus loin, sur la pelouse et sous le porche de l'école, la foule se précipitait à l'intérieur du bâtiment. Seuls Alex et ceux qui s'étaient trouvés sur la jetée étaient encore dans l'herbe. Alex courut vers l'entrée, rattrapant Minhi et

Mlle Daughtry, Paul et Sid. Il se retourna et vit Icemaker frapper la statue, répandant des éclats de marbre partout.

Sangster, à proximité, plongea la main dans sa veste de soirée et en sortit un combiné, qu'il porta à son oreille.

— Ferme, ici Sangster depuis l'école LaLaurie… Nous sommes victimes d'une attaque du Quarry.

Une seconde après, une voix répondit :

— Décrivez les forces.

— Il fait sombre ; j'en vois au moins vingt, plus le grand chef, dit Sangster en dégainant son pistolet, à la recherche d'une cible.

Alex, les garçons, Minhi et Mlle Daughtry avaient atteint le porche.

Alex tira sur la porte-fenêtre. Paul et Sid tapèrent sur les vitres. Alex pouvait voir les étudiants et les professeurs de l'autre côté regarder, bouche bée, incrédules.

— Laissez-nous entrer ! appela Minhi. Laissez-nous entrer !

Personne ne bougea à l'intérieur.

Alex attrapa un fauteuil en osier et le fit passer devant lui, frappant à la porte de derrière. Inutile. Il regarda autour de lui. Il lui fallait autre chose. Il examina le porche, trouva un lourd pot de fleurs en céramique à peu près de la taille d'une tête. Il l'attrapa par le crochet métallique et le projeta contre la porte-fenêtre.

Le verre se brisa et la foule recula, toujours figée par la panique et, sans doute saisie d'un certain sentiment de culpabilité, aussi peu disposée à lui faire obstacle qu'elle l'avait été à l'aider.

Alex dit « D'accord » et passa la main à travers le verre brisé pour tourner le verrou, sans se soucier des coupures. Il ouvrit la porte. À sa droite, quelque chose attrapa Paul. Alex se jeta sur lui, mais le vampire était trop rapide, entraînant Paul vers la rive par les chevilles. Sid et Minhi regardaient avec horreur ; sur la pelouse, Sangster était déjà à la poursuite du vampire qui avait attrapé Paul. Un autre vampire vint alors frapper durement Sangster, l'envoyant à terre.

Action au ralenti : Sangster touchant le sol en grognant. Alex criant « Rentrez » à Sid et Minhi, sautant du porche à la recherche de Paul. Le vampire qui s'était attaqué à Sangster arriva à toute allure, sauta de la pelouse au porche, et attrapa Minhi par la cheville.

— Non ! s'écria Alex en courant de plus belle.

Mais il perdait du terrain. Derrière lui, Sangster luttait pour se relever, déjà assailli par un autre vampire en rouge. Alex courait aussi vite qu'il le pouvait. *Ces choses-là n'arrivent pas. Minhi et Paul se font enlever.*

Le grand vampire, celui qui flottait au-dessus de la rive tandis que ses sbires faisaient leur travail, tourna la tête en direction d'Alex et posa une paire d'yeux luisants sur lui. *Icemaker.* Le chef de clan envoya un morceau de glace de la taille d'un rocher sur Alex, qui se jeta sur le côté juste à temps.

Icemaker avait des mèches noires flottantes qui bouclaient sur ses épaules et Alex vit que sa grande taille était due à des jambes démesurément allongées, glacées jusqu'aux mollets, lui donnant l'apparence d'un démon botté. Il portait un pourpoint cuirassé de rouge et ses yeux brûlaient de froid. Alex aperçut Paul et Minhi qu'on tirait sur le lac recouvert de glace. Il se ressaisit, ne pensant plus qu'à réussir à dépasser ce vampire et arriver jusqu'à ses amis. Il se mit en mouvement.

Il y eut comme un bruit de sifflement au moment où Sangster détruisit le vampire qu'il était en train de combattre. Une pluie de balles s'abattit de l'autre côté d'Alex tandis que Sangster s'approchait en courant et en tirant sur Icemaker. Les balles faisaient voler des morceaux de glace sur les épaules et la poitrine du vampire.

— Alex, reviens ! cria Sangster.

Icemaker s'avança vers Alex, gelant et brisant les brins d'herbe à chacun de ses pas. Le vampire ignora les balles de Sangster et s'arrêta à deux pas à peine d'Alex qui s'arrêta également, incapable de porter son regard ailleurs.

— Tu reprends l'affaire familiale, hein ? gronda Icemaker.

Sa voix était cassante, basse et inégale.

— Crois-tu sérieusement que tu représentes une quelconque menace pour moi ?

Le vampire se souleva du sol et repartit en direction de l'eau tandis que l'air tournoyait et se solidifiait de part et d'autre de la plage. Alex avait un mur de glace en face de lui.

Ils étaient partis.

Alex tomba à genoux.

Sangster arriva à ses côtés.

— Minhi et Paul ?

— Oui, gémit Alex. Où est Sid ?

— Il est en sécurité. Il est à l'intérieur.

Sangster fit un pas en arrière, inspectant le mur de glace.

— Regarde !

Alex se leva et, chancelant, lut les mots gravés dans le mur.

BIENVENUE DANS LE FROID.

Chapitre 11

Minhi perdit l'équilibre au moment où elle fut tirée par la cheville et elle tomba en arrière, ses épaules heurtant le porche. Elle essaya d'utiliser ses mouvements, en se tournant et en frappant la femme qui l'entraînait. Elle vit la tête de Paul rebondir sur l'herbe puis sur la *glace* alors qu'on le tirait à côté d'elle.

On était en train de les traîner jusqu'au lac lui-même, à toute allure. La femme qui détenait Minhi relâcha légèrement sa prise lorsqu'elle commença à « patiner » avec ses pieds sur la glace. Minhi en profita pour se contorsionner, difficilement, et tout à coup elle fut libre.

Minhi chuta, tournoyant sur ce qu'elle vit être en réalité une route de glace qui s'étendait en travers du lac Léman. Elle trouva ses appuis, jeta un œil à la rive. Elle se mit à courir et glissa, puis fut attentive aux trous et crevasses dans la glace, accélérant la cadence.

Tout à coup l'attaquante était sur elle à nouveau. La canaille rit, des touffes de cheveux noirs s'échappant de l'étole rouge qui enveloppait sa tête. Elle montra des dents longues et pointues. *Des vampires ?* Abasourdie, Minhi perdit l'occasion d'échapper à la femme.

Cette fois, la créature entoura le torse de Minhi de son bras, la tenant bien serrée. Minhi ne faisait pas le poids face à elle.

— Qu'est-ce que… Où allons-nous ? gémit Minhi.

— Nous rentrons à la maison, siffla le vampire.

Après quelques minutes de ce qui sembla être un vol au-dessus de la route gelée, une voix emplit l'air, froide comme la glace :

« *Quand même je ne serai plus que poussière, l'heure viendra où l'expression prophétique et redoutable de ces vers s'accomplira.* »[2]

Minhi pouvait voir un homme, qui flottait dans l'air, entouré par un vent glacé, la lune derrière lui. Ils approchaient d'une autre rive. Elle vit alors une grande maison, un manoir hanté entouré d'arbres, et, sur le rivage, la sculpture d'un ange, les bras grands ouverts.

Ils se dirigeaient vers la sculpture. À présent, juste au bord de la rive, la glace avait disparu, laissant place à des vagues tumultueuses.

L'homme s'amusait. « *Et entassera sur des têtes humaines le poids immense de ma malédiction*[3] *!* »

Ils approchèrent rapidement de la sculpture, puis se mirent à plonger dans l'eau bouillonnante. La vision de Minhi fut trouble, puis l'eau *disparut* et ils entrèrent dans un tunnel au sec. Ils descendirent dans le tunnel, descendirent sur la pierre humide et scintillante, descendirent le long des poutres de soutènement faites de crânes et d'os, descendirent à la lumière des torches dirigées par des vampires courant comme des loups sur leurs pieds légers.

---

2. N. d. T. Byron, George Gordon. Le pèlerinage de Childe Harold, Chant IV, Stance 134, *dans Oeuvres complètes de Lord Byron*, tome troisième, nouvelle traduction par M. Paulin Paris, Paris, Dondey-Dupré père et fils, impr.-libr., éditeurs, 1830.

3. Ibid.

Ils arrivèrent alors, dans les profondeurs de la terre, à ce que Minhi était obligée d'appeler une cour, immense et bien entretenue, plantée d'herbes épineuses blanches comme des os.

Le vampire qui maintenait Minhi la jeta par terre et elle roula avant de s'arrêter, sur les genoux. Elle tremblait de terreur.

Paul était à côté. Minhi put lire dans ses yeux la même peur que celle qui l'habitait. Elle se leva, chancelante, et leva les yeux vers un énorme château, entièrement sous le lac — sous le lac même ! Jusqu'au ciel sombre qui surplombait les murs, faits de pierre et de boue, renforcés par un treillis d'os.

Les ravisseurs se tenaient autour d'eux, attendant. Minhi s'aperçut qu'il y avait encore plus de ces êtres postés sur les remparts du château et tout du long de la cour. Nombre d'entre eux, à l'instar des attaquants de Minhi, étaient vêtus de rouge, mais la grande majorité portait des tuniques et des capuches blanches. Sous ces capuches, de la peau extrêmement blanche brillait dans la pénombre. Et leurs yeux reflétaient la lueur des torches ; ainsi, lorsque Minhi regarda, elle vit des centaines et des centaines de paires d'yeux étincelants.

— Qu'est-ce que c'est que ça ? murmura Minhi.

— Ceci, tonna la voix derrière elle.

Elle se retourna lentement, redoutant ce qu'elle allait voir. Un grand vampire avec de longs cheveux et une armure rouge volait vers le sol dans un vent glacial.

— Ceci… est la Scholomance !

Chapitre 12

Alex et Sid filaient comme le vent sur la route, à l'arrière de la camionnette de l'Académie Glenarvon, Sangster au volant. Le professeur les regardait régulièrement dans le rétroviseur tandis que les arbres défilaient.

– Je vous l'avais dit ! dit Sid avec désespoir.

Il bondit et secoua Alex.

– Je vous l'avais dit que les vampires existaient ! Ceux-là étaient…

– Sid, l'appela Sangster. Il faut que tu restes assis.

– D'accord, qu'est-ce que c'était que ça ? Qui étaient ces gens ?

– Je ne sais pas, répliqua Sangster en croisant le regard d'Alex une seconde dans le rétroviseur. Je ne sais pas. Nous devons retourner à l'école. Ils doivent être informés qu'il y a eu un enlèvement et vous, les garçons, devez réintégrer vos chambres.

– Ils venaient du *lac*, dit Sid, presque délirant. C'étaient des *vampires.*

– Des *terroristes,* dit Sangster d'une voix posée. Je pense que c'étaient des terroristes. Ma préoccupation est de vous mettre en sécurité.

Alex ne dit rien. Il regardait l'horizon à l'avant de la camionnette, la route sombre éclairée par de hauts lampadaires et les arbres qui défilaient de chaque côté.

Après quelques minutes, ils quittèrent la route et se retrouvèrent devant la grille de l'entrée ; Sangster les poussa dehors.

Mme Hostache les attendait en robe de chambre à la porte.

— J'ai eu votre appel, dit-elle. Que sait-on au sujet de Paul ?

— Tout ce que je sais, c'est ce que je vous ai dit, répondit Sangster en conduisant Alex et Sid à l'intérieur. Je les surveillais tous les trois. Les terroristes sont sortis de l'eau. Ils ont fait diversion et ont emmené deux personnes — dont l'une était Paul.

Alex remarqua que Sangster utilisait le mot *terroriste* à chaque occasion, et il comprit pourquoi : Sangster voulait s'assurer que le mot fasse partie du récit et qu'il soit répété souvent.

Elle secoua gravement la tête.

— Venez, rentrez, dit-elle.

— Avez-vous parlé à la police ? demanda Sangster.

— Oui[4], dit Mme Hostache en hochant la tête. Ils sont à LaLaurie. Ils auront sans doute des questions à nous poser demain matin.

Elle se tourna alors vers Sid et Alex, se penchant vers eux comme s'ils avaient huit ans.

— Comment allez-vous, vous deux ?

Alex écarta les mains, comme pour dire « Je n'en ai aucune idée. » Sid ne répondit pas.

---

4. N. d. T. En français dans le texte original.

— Allons, au lit, dit Mme Hostache. Nous parlerons demain.

Sangster, à côté de l'escalier, arrêta Alex et Sid et leur serra l'épaule à tous deux. Alex sentit que Sangster en profitait pour glisser un papier dans le col de sa veste.

Après que Sid et lui se furent mis au lit comme des robots, incapables de prononcer une parole, Alex déplia le papier. Il disait : *Minuit.*

— Qu'est-ce que c'est que *ça* ?

Quand Alex se glissa dehors une heure et demie plus tard, Sangster l'attendait juste à la porte de l'école. Alex trouva le professeur assis sur sa moto. À côté de lui, tacheté par le clair de lune brillant à travers les arbres, un nouvel engin gris acier…

— Ninja Kawasaki, dit le professeur. Elle n'est pas aussi grosse que la plupart des motos dont nous nous servons, mais elle est plus puissante que la majorité de vos petites motos par ici.

Alex s'approcha de la moto, en fit lentement le tour. Le flanc droit était orné de l'emblème du Polidorium, qu'il avait déjà vu sur les camionnettes et d'autres véhicules. Il y avait cette devise en latin, *Talia sunt.*

— Que signifient ces mots, d'ailleurs ? « *Talia sunt* ».

— Cela veut dire « Il existe de telles choses ».

Sangster lança une paire de lunettes à vision nocturne et GPS à Alex.

— Viens. Allons voir comment on peut ramener Paul et Minhi.

Alex était content d'avoir ses lentilles parce qu'il doutait de la possibilité de les enfiler par-dessus ses propres lunettes. Elles étaient plus ajustées que celles qu'il avait portées la nuit précédente – *N'était-ce qu'hier soir ?* Il mit ensuite le casque gris qu'il trouva sur la selle de la moto.

Une fois le casque sur la tête, Alex put entendre Sangster dans son oreille grâce à l'émetteur-récepteur intégré.

– Tu me reçois ?

– Je croyais que vous ne vouliez pas de moi dans cette affaire ?

– Icemaker t'a parlé, Alex, dit Sangster en démarrant sa propre moto et en se mettant à rouler. Tu es dedans. Et puis… Je pense que ta capacité à les sentir peut me servir.

Ils gagnèrent doucement une route à deux voies qui longeait le lac et la suivirent en direction du sud.

Ils parcoururent environ dix kilomètres en silence, sans la moindre voiture en vue, dans l'obscurité trouée de temps à autres par l'éclairage d'un réverbère, puis ils quittèrent la route pour emprunter la piste menant à la ferme.

Ils passèrent le mur décoratif en tôle de la ferme et pénétrèrent une fois encore dans les entrailles de la terre. En quelques minutes, ils étaient dans la salle de conférence du directeur Carerras.

– Bien, dit Sangster en sortant une carte du lac Léman. Qu'a-t-il en tête ?

– Chaque chose en son temps, aboya Carerras. Je vous ai autorisé à faire venir le jeune Van Helsing ici, mais j'espère que vous avez une bonne raison à me donner.

Armstrong, assise à la droite du directeur, s'adossa à sa chaise, levant le front en signe d'approbation.

Alex devança Sangster.

— J'ai eu un face-à-face avec Icemaker, dit-il. Il m'a parlé.

Carerras se pencha en avant.

— Qu'a-t-il dit?

— Il m'a demandé si je reprenais l'affaire familiale, dit Alex. Et il a laissé entendre que je n'allais pas y briller.

— C'est lui qu'ils surveillaient à Glenarvon, renchérit Sangster, agacé. Et ils nous ont attaqué à la vue de tous ce soir. Ils savent qui il est et ils savent qu'il est là. Icemaker veut cette famille. C'est le père de Charles qui l'avait arrêté au musée du Louvre, tu te souviens? Et Charles a abattu près de cinq cents disciples d'Icemaker à Cuba. Je suis prêt à parier qu'ils ont eu vent de la présence d'Alex dès sa première apparition à l'aéroport de Genève.

— Pensez-vous qu'il a enlevé Minhi et Paul parce qu'ils étaient avec moi? demanda Alex, horrifié.

Ils avaient été emmenés sous ses yeux.

Sangster soupira.

— Je... Alex, ça n'en avait pas l'air. Je pense que le fait de te narguer était juste un bonus. Mais le but était d'attirer l'attention. Il voulait qu'on le voie. C'était un gros coup.

— Nous allons devoir arroser bien des gens pour que cela ne sorte pas dans la presse, grogna Carerras.

Sérieusement, vous faites ça?

— Donc, Icemaker a maintenant des otages, poursuivit Sangster. Pourquoi? Que savons-nous sur lui?

Pourquoi reviendrait-il ici, et que va-t-il y faire qui nécessite de prendre des otages ?

Sangster mit le dossier d'Icemaker à l'écran et Alex vit un dessin en pointillé d'Icemaker en lieu et place d'une photo, suivi de dates et d'autres informations. Cela ressemblait à l'un des personnages de Sid.

— La dernière fois qu'il était ici, c'est au moment où il a commencé à succomber au vampirisme, cet été hanté, quand Polidori était encore son ami, dit Sangster. Lors de leur séjour à la villa Diodati.

Sangster déroula le dossier. Alex, se souvenant de quelque chose, dit :

— Vous avez parlé d'un navire détruit par Icemaker.

— Oui.

Sangster alla sur l'activité la plus récente du dossier.

— Il a pillé et coulé un cargo du Polidorium, le *Wayfarer*, et s'est aussitôt rendu ici.

— Et vous n'avez aucune idée de ce que qu'il a *retiré* de ce navire ?

— Nous avons un manifeste d'un millier d'articles, répondit Sangster. Des livres, des parchemins, des statues, des gantelets. Tout est perdu. Tout aurait pu lui être utile, mais rien que nous puissions cibler.

— On peut supposer, intervint Armstrong, que quelqu'un lui a transmis le manifeste, ce qui laisserait penser qu'il savait ce qu'il cherchait.

— Donc, dit Alex, il a volé ou appris quelque chose sur ce navire. Il vient ici à la…

— Scholomance, dit Carerras.

— … à la Scholomance. Et maintenant, il a enlevé deux de mes amis. Je vais vous dire ce que je crois.

— Quoi ?

Alex se tordit les mains.

— Cela signifie : au nom de tous les saints, qu'attendez-vous tous ? Allez les chercher !

— Nous devons les trouver d'abord, dit Sangster. Et c'est ce que nous essayons de faire.

— On pourrait bien avoir une nouvelle piste, lança Carerras, qui semblait complètement insensible à l'émotion d'Alex. Armstrong ?

Armstrong appuya sur une touche devant elle et une nouvelle image s'afficha à l'écran — le lac, recouvert de lignes ondulées étiquetées LIGNES DE VENT.

— Quand Icemaker a débarqué, nous avons orienté l'un des satellites en direction du lac. Nous avons perdu sa trace dans une irruption d'air froid et de nuages, mais nous avons remarqué une interruption clé dans les lignes de vents habituelles ici, dit-elle en indiquant un point le long de la rive.

— Qu'est-ce que c'est ? demanda Alex.

— Cela, dit Sangster en se penchant en avant, pourrait être la Villa Diodati, où tout a commencé.

Chapitre 13

— Minhi !

Minhi cligna des yeux et eut un haut-le-cœur ; la pièce bougeait. Elle était assise sur le sol, un sol en fer, et elle sentait des barreaux contre ses épaules. Elle s'aperçut qu'elle était dans une *cage*. Elle se leva, mit les mains sur les barreaux, regarda à l'extérieur et cria. Ce n'était pas la pièce qui bougeait ; c'était elle.

Son cri résonna dans le hall immense éclairé par des flambeaux et dans lequel étaient rassemblés des centaines de vampires. Seuls quelques-uns prirent la peine de lever les yeux.

— Minhi ! fit à nouveau la voix.

C'était Paul, dans la cage à côté. Ils étaient suspendus à environ six mètres du sol.

En dessous d'eux, le grand vampire en chef arpentait une scène surélevée entre les cages et l'auditoire rassemblé.

— Que se passe-t-il ? demanda-elle à Paul.

— Je n'en ai aucune idée, répondit-il en se frottant l'arrière de la tête. Je pense qu'ils nous ont assommés. Est-ce que tu vas bien ?

— Je vais bien, dit-elle, mais cela ne peut pas être en train d'arriver.

Portant son regard de l'autre côté du hall, elle vit des bannières flotter depuis le plafond jusqu'au sol, portant des armoiries et le mot Scholomance. Entre deux bannières on pouvait voir une énorme horloge, dont la surface semblait faite d'os. Il était bientôt minuit.

— Bon, maintenant, écoute, dit Paul. Cela existe. C'est bien réel. Mais nous sommes vivants. D'accord ? C'est bon signe.

— Qu'est-ce qui te fait penser que c'est bon signe ?

— Parce que, dit Paul, s'ils avaient voulu nous tuer, ce serait déjà fait. Il s'agit donc sans doute d'argent.

— De l'argent ? demanda Minhi. Ce sont des monstres.

— Même les monstres ont besoin d'argent, fit remarquer Paul.

Ils restèrent assis en silence pendant quelques instants, les jambes croisées, dans leur cage respective. Au bout d'un moment, Paul croisa les bras et soupira.

— Il faut que je te dise : ce n'est pas ce que j'avais prévu pour obtenir un premier rendez-vous.

— Tu avais un plan ?

Icemaker commença à parler.

— Vampires !

Le vampire aux sabots de glace arpentait la scène à grands pas, les lèvres retroussées en un rictus.

— Nous sommes les maîtres sans couronne de la Terre depuis des temps immémoriaux. N'est-ce pas la vérité ?

Il regarda autour de lui. Près de la scène, les principaux vampires de l'école approuvèrent, captivés.

Minhi écoutait en silence, n'en perdant pas un mot. Ceci était dingue. C'était un rêve. Un vampire flottant avec de longs cheveux et des yeux étincelants, autour duquel l'air gelait au gré de ses déplacements, s'adressait à une assemblée de vampires qui le vénéraient. Le monde était devenu fou.

Minhi vit les yeux du vampire tomber sur elle et Paul. Même son regard était froid.

— Regardez. Du bétail. Aussi insignifiant que les humains rapportés des coins oubliés des villes et desquels nous nous nourrissons. Mais ceux-là sont spéciaux. Ils sont notre sacrifice.

Icemaker reporta son regard sur la foule.

— Je ne peux mener Scholomance à son apogée tout seul. Il en est une dont la déviance et la sournoiserie éclipsent les miennes et que je dois avoir pour reine. Mais nous allons devoir faire un important sacrifice pour la faire se lever — parce que c'était une humaine, injustement punie par la vie, maintenant perdue et condamnée à la mort.

» Il existe un démon capable de faire se dresser ma nouvelle reine, dit Icemaker, mais pendant des centaines d'années j'ai cherché en vain le secret de ce démon. Jusqu'à ceci.

Minhi vit Icemaker sortir un parchemin enroulé autour d'un sceptre en fer. L'extrémité du sceptre ressemblait à une tête de renard dotée d'yeux humains et de longues oreilles pointues.

— Sans ce parchemin, nous restions dans l'ignorance des mots ou du sacrifice qui feraient se mettre le démon en mouvement, poursuivit Icemaker. Il nous a été dissimulé pendant des années par un petit homme, un pitoyable mortel. Mais à présent nous sommes prêts à verser le sang que nous devons verser, à prononcer les mots que nous devons prononcer et, ensuite, à recevoir le nouveau pouvoir qui va changer ce monde pour toujours.

Il mit le parchemin de côté.

— Le nom du démon est *Nemesis*, dit le vampire, et la reine qu'elle va élever est… Claire.

Chapitre 14

Même avec l'aide du GPS intégré dans le casque, il fallut encore un quart d'heure à Alex et Sangster pour atteindre la Villa Diodati, qui s'élevait sur la rive sud/sud-est du lac. C'était un immense manoir, recouvert de stuc, parfaitement carré et menacé de tous côtés par des arbres qui semblaient vouloir, selon Alex, faire rentrer l'édifice sous terre. Alex suivit Sangster sur la rive inclinée du côté est, où les balustrades du balcon, semblables à de grandes dents, donnaient à la maison un air assoiffé.

Ils arrêtèrent leurs motos sur le vignoble devant la maison et restèrent silencieux un moment, entourés par le bruit du clapotis des vagues sur le lac et les piaulements des grenouilles et des oiseaux de nuit.

— Pourquoi sommes-nous ici ? demanda Alex.

Un bourdonnement sourd et voilé commençait à vibrer dans sa tête et il pensa connaître la réponse.

Sangster enleva son casque de moto, l'accrocha au guidon et sortit de la poche de sa chemise un petit casque d'écoute qu'il ajusta à son oreille. Il prit ensuite dans les sacoches un sac en cuir qu'il jeta sur son épaule.

— En réalité, dit-il, il n'y a aucune raison pour que la Scholomance se trouve au lac Léman. Bram Stoker a dit qu'elle était en Europe de l'Est et nous avons passé des décennies à chercher là-bas.

Alex secoua lentement la tête, interloqué.

— Comment pouvez-vous tenir un roman pour un livre historique ?

Sangster dit :

— Nous ne planifions pas nos actions en nous basant sur *The Shining*, Alex. Rappelle-toi : nous savons que les événements du *Dracula* de Stoker sont réellement arrivés, avec quelques fioritures en plus. La mémoire de notre organisation remonte à Van Helsing, avant même que Bram Stoker ait écrit son livre. De plus, Stoker a admis tout cela de son vivant.

— Vraiment ? Quand ?

— Dans son introduction à l'édition islandaise de 1901, dit Sangster. Autre chose ?

— Juste que j'adorerais vous voir en tête à tête avec Sid.

Alex regarda autour de lui.

— C'est étrange. Je ressens quelque chose comme ce truc, ce bourdonnement, comme quand ils sont à proximité, dit-il. Mais il est lointain.

Sangster hocha la tête.

— Cela confirme mes doutes. Le mal est présent ici.

— Alors, pourquoi ? Pourquoi le lac Léman ?

Sangster fit rouler sa tête pensivement.

— Le lac a toujours attiré les gens intéressés par les vampires et tout ce qui est surnaturel. En plus du groupe Diodati, Yeats est venu ici ; Milton est venu ici ; Coleridge est venu ici. La villa elle-même est très impressionnante ; on y trouve toutes sortes d'œuvres d'art, les grands classiques, de nombreux mythes. Mais jusqu'ici, aucune entrée sur la Scholomance. Et nous avons les moyens de trouver les entrées secrètes. Tu vois ce vignoble ?

Sangster se dirigea vers la rive, puis reporta son regard sur les arbres.

– Il y a un an, nous avons cherché partout, à l'intérieur et tout autour, dans l'espoir que quelque chose allait s'ouvrir.

– S'ouvrir ? Vous voulez dire, comme « Sésame, ouvre-toi » et le sol s'ouvre en deux ?

– Les chefs de clan et d'autres, à leur niveau, sont capables de se cacher derrière de puissants champs d'énergie. Avec les bons outils, nous pouvons faire tomber ces champs, mais nous devons les trouver. Et nous avons essayé partout dans le coin – la maison elle-même, les vignes, tout autour de la statue. Rien.

– Mais l'entrée se trouve quand même ici ?

– Eh bien, nous n'avons pas cherché dans l'eau, dit Sangster.

Il parlait à présent dans son émetteur :

– Armstrong, tu es là ?

– Reçu.

– Que vois-tu ?

– Vent de sud-est, vingt nœuds.

– Des poches d'air ?

– Le vent rebondit contre la maison, contre les arbres… J'ai votre position, il n'y a rien devant vous. Attendez…

– Quoi ?

— Il y a un rebond de vent, une déclivité, à quinze mètres environ au nord de votre position.

— D'accord, ne quitte pas.

Sangster fit quelques pas allongés. Il plongea la main dans son sac et en sortit un filet rempli de balles en verre de la taille de son poing. Elles s'entrechoquèrent quand il les mit sur son épaule.

Sangster sortit l'une des balles en verre du filet et la lança à Alex. Alex l'attrapa, la soupesa. La balle faisait environ la moitié du poids d'une balle de baseball.

— Qu'est-ce que c'est ?

— De l'eau bénite.

Sangster s'accroupit et sortit un rouleau en cuir de son sac, qu'il déroula par terre, révélant d'autres outils. Il en tira ce qui semblait être un pieu muni d'une poignée décorée et le passa à Alex.

— Garde ceci avec toi. Rappelle-toi : avec un vampire, tu dois toucher le cœur pour tuer. Le meilleur endroit est pile entre les côtes, ici, et il frappa Alex à gauche de son sternum. D'accord ?

Alex remarqua un engin de soixante centimètres de long en bois et métal. L'appareil était complètement recouvert d'un tissu noir, avec une gâchette en argent et un grand espace à l'avant qui semblait contenir le mécanisme de l'arme.

— Cela ressemble à… une arbalète.

— C'est une polyarbalète, dit Sangster en acquiesçant. Elle ne s'abîme pas aussi facilement qu'une arbalète, mais elle est aussi silencieuse. On met une cartouche sur le dessus, chargée de tiges en argent incrustées de bois. Douze.

— De l'argent, répéta Alex.

Dans les vieux films, l'argent était pour les loups-garous et le Lone Ranger qui, quand on y pense, savait probablement très bien chasser les loups-garous.

— Et vos balles sont en argent, elles aussi ?

— Argent et *bois*. Nos balles sont faites de bois d'aubépine compressé et chemisé d'argent.

— Tout cela n'est-il pas bien plus coûteux que le plomb ?

— Beaucoup plus, mais le plomb ne tue pas les vampires, dit Sangster, accroupi. Seuls l'argent et le bois le peuvent. L'argent sert en fait davantage d'allergène ; le bois seul les tuerait. Et en matière de bois, l'aubépine est ce qu'il y a de mieux.

— Pourquoi ça ?

Sangster se tapota le front.

— La couronne d'épines était faite d'aubépine. Ton pieu est en aubépine. Tout ce qui est sacré les brûle comme le feu. Mais pour les tuer, il faut les toucher en plein cœur.

— Autre chose ?

Alex voulait savoir. Il lui serait utile d'avoir les informations *avant* d'en avoir besoin, pour une fois.

Sangster semblait passer en revue une liste dans sa tête tandis qu'il continuait à farfouiller dans son sac.

— La lumière directe du soleil peut tuer les plus jeunes d'entre eux.

— Mais pas les plus âgés ? demanda Alex.

— Par une journée couverte, on pourrait les croiser au supermarché, dit Sangster. Ils choisissent leurs denrées parmi les clients.

Sangster sembla trouver ce qu'il cherchait : un machin plié qui ressemblait à un canif. Il ferma et fourra le rouleau dans son sac, puis sortit de l'étui attaché à son épaule un pistolet muni d'un silencieux. Il déplia le truc qui ressemblait à un canif et il se sépara en deux grandes parties. L'une se déplia encore et prit la forme d'une crosse de fusil, que Sangster emboîta à l'arrière du pistolet. L'autre partie vint s'encastrer sur le dessus du fusil et, par le reflet du verre à son extrémité, Alex put voir que c'était un viseur. Sangster posait à présent le fusil sur son épaule.

— Nous allons faire du tir au pigeon. Fais-moi un bon lancer — juste là, dit-il en indiquant le lac.

— Sur l'eau ?

Alex souleva la balle, évalua la façon dont il allait la lancer.

— Ouais. Pas trop loin, à peu près à vingt mètres.

Alex recula son bras et lança la balle qui décrivit un arc de cercle pour retomber environ à une vingtaine de mètres. Sangster bougea à peine, puis il y eut un *doum*, suivi d'un tintement quand la balle explosa.

Sangster fronça les sourcils.

— Non.

— Le vent peut faire toutes sortes de choses insensées, dit Armstrong à la radio. Essayez vingt mètres plus haut. Cela fera une ligne droite depuis l'entrée principale jusqu'à la maison.

— Bien, approuva Sangster en hochant la tête vers Alex.

Ils se déplacèrent un peu plus haut.

— Lance.

Alex sourit à l'idée qu'il était en train de faire un tir au pigeon et lança, regardant la sphère de verre s'élever haut, scintillante. Une autre explosion. Rien.

Sangster arrêta. Il s'avachit un instant et Alex eut peur que tout soit fini. La piste ne mènerait nulle part.

Amer et abattu, Alex enfonça les mains dans ses poches et examina la plage côté sud.

Le bourdonnement était toujours présent, comme un sifflement distant, une télé allumée dans une pièce au loin. Les yeux sur la plage, il regarda les vagues se briser doucement, le sable et l'herbe. La statue d'un ange se dressait à une trentaine de mètres de là, ses bras grands ouverts.

— Woh, dit Alex.

Quand ses yeux se posèrent sur l'ange, le sifflement monta en puissance, comme si quelqu'un avait monté le son dans cette pièce au loin.

Alex courut vers la plage, tout ouïe. Pendant quelques instants, il n'y eut presque rien. Toute cette histoire de bourdonnement était un phénomène si étrange qu'il savait à peine ce qu'il ressentait. Mais il continua sa course vers la statue.

Il se retourna et vit que Sangster suivait ; il entendit le professeur dire :

— Et cinquante mètres au sud ?

Alex s'arrêta devant l'ange qui gardait le lac. Une inscription à la base de la statue disait : ET TOI, Ô CIEL ! JE T'EN PRENDS À TÉMOIN ! – N'AI-JE PAS EU À LUTTER AVEC MA DESTINÉE ? Le bourdonnement se faisait plus fort à présent, tandis qu'Alex regardait l'ange. Puis il se tourna vers l'eau et le bourdonnement explosa.

Sangster le rattrapa et lut l'inscription à voix haute.

– «*Et toi, ô ciel*», dit-il. Ce sont des vers de Byron. *Lance.*

Alex prépara son bras une nouvelle fois et lança, haut et loin et, tandis que la sphère de verre tombait vers les vagues tachetées par le clair de lune, elle sembla geler sur place. Sangster tira un coup et le temps s'étira. Alex jura qu'il pouvait sentir la balle du pistolet trouver sa place. La sphère explosa, le verre tintant de tous côtés au-dessus du lac et l'eau bénite qui y était contenue se déversa.

Il y eut un pop, un grésillement dans les vagues, ou plutôt par-dessus, un bref chatoiement qui se répandit en une toile d'environ quatre mètres. Puis tout fut normal.

– Encore, dit Sangster.

Une autre balle. Contact. Le nuage d'eau bénite jaillit au-dessus des vagues et l'air hurla et cracha des protestations électriques, puis il crépita et se retira en tourbillonnant. Alex hoqueta en voyant ce qui avait ainsi été découvert.

Là, dans le lac, on voyait une pente et des murs sombres scintiller dans la pénombre. L'eau clapotait légèrement au bord de l'entrée, maintenue en place par une puissance qu'Alex ne pouvait qu'imaginer.

Alex dit en hâte :

– Pouvons-nous... devons-nous entrer, pouvons-nous y aller ?

Sangster hocha la tête en direction de l'entrée et l'air se remit à scintiller, se refermant comme avant. Au bout d'un moment, la lune se reflétait à la surface du lac comme si rien n'était jamais venu la perturber.

— Tu ne pourras pas passer maintenant, dit Sangster.

Alex se retourna pour regarder l'ange et, derrière lui, la Villa Diodati. Il pouvait entendre Sangster, à côté, parler dans son émetteur.

— Polidorium, nous avons localisé la Scholomance.

Chapitre 15

— Hé ! Hé, Alex !

Alex s'obligea à ouvrir les yeux. C'était dimanche matin. Il ne devait pas être plus de deux ou trois heures plus tard.

— Hein ?

— Allez, lève-toi, fit la voix de Sid. Allons manger quelque chose.

Alex frotta son visage.

— Sérieusement, tu plaisantes ?

En s'asseyant, Alex vit Sid, de l'autre côté de la chambre, en train de s'échiner à peigner sa chevelure devant le miroir de la petite salle de bain.

— Ça fait longtemps que tu es réveillé ?

Sid regarda Alex dans le miroir tout en mouillant son peigne.

— Non, moi aussi j'ai fait la grasse matinée, répondit Sid.

— Rien de neuf, ce matin ? demanda Alex, essayant de réfléchir à ce qu'il dirait s'il n'avait aucune information.

— Tu veux dire au sujet de Paul ?

Sid sortit de la salle de bain.

— Non. Rien.

Dans l'un des salons devant lesquels Alex et Sid passèrent, une télé présentait une fois encore les dernières informations, d'où il ressortait que la nouvelle principale était celle concernant l'école pour filles LaLaurie, victime d'une attaque terroriste dont le point culminant avait été l'enlèvement de deux élèves. À l'arrière-plan, derrière le journaliste, Alex put voir des ouvriers luttant pour enlever des blocs de glace de la pelouse — blocs dont personne, expliquait le journaliste, n'arrivait à expliquer la présence.

Alex et Sid prirent leur petit-déjeuner en silence. La tension était terrible dans l'école, bien pire qu'elle n'avait été le jour de la bagarre de Secheron. L'absence de Paul semblait générer des ondes autour de sa place habituelle. Ils restèrent assis un moment avant qu'Alex se lève pour aller chercher davantage de jus d'orange à la cuisine.

— Hé, le tueur, entendit Alex en passant à côté de la table des Merrill.

Bill et Steven affichaient un petit sourire satisfait.

— Qu'est-ce que tu as dit ?

— Je t'ai traité de tueur, dit Bill. C'est bien ce que tu es, non ? Je pensais que tu étais une sorte de déviant à ton ancienne école, mais maintenant que tu as fait tuer Paul, j'ai l'impression que tu dois être le genre de personne qui… attire les ennuis.

— Tu ne sais pas de quoi tu parles, dit Alex avec colère. On ne sait même pas où est Paul.

— Est-ce que tu attires les ennuis ?

Alex sentit son poing se fermer, le sang affluer à son visage, des vagues d'adrénaline envahir sa poitrine. Il voyait Paul tiré par la cheville, Paul et Minhi en train de crier. Il sentit qu'il se mettait à gronder tandis que sa main partait en arrière.

Sid, soudain là, lui donna une claque sur l'épaule.

– Hé, dit Sid.

Le jeune homme semblait à la fois implorant et exigeant.

– Pas maintenant. Allez, viens.

– Non, je crois qu'il a une réponse pour nous, dit Steven de façon inattendue en s'avançant. Quelle est-elle, Van Helsing ?

Alex se trouvait poitrine contre poitrine avec Steven quand la voix de Sangster résonna, les sortant de leur confrontation.

– Alex ! Sid ! cria Sangster. Venez ici.

Le professeur se tenait à la porte du réfectoire. Après un dernier coup d'œil assassin aux Merrill, Alex avança à grands pas vers Sangster, Sid sur les talons.

– Comment vous en sortez-vous ? demanda-t-il. Et je ne parle pas de ce besoin insensé de vous battre avec les Merrill.

– Je n'ai..., commença Alex, mais Sid le coupa.

– Nous attendons juste des nouvelles, dit Sid.

Sangster hocha la tête et, son regard allant de Sid à Alex, il dit :

– Bon, je sais que ça peut paraître curieux, mais voudriez-vous m'aider à faire des recherches ? Pour le cours.

Alex regarda Sid.

— Bien sûr, dit Sid, n'importe quoi pourvu que je pense à autre chose.

— Je veux en savoir plus sur Lord Byron et la magie, dit Sangster. Je vais à la bibliothèque trouver tout ce que je peux. Ça ne vous dérange pas de m'aider ?

Sid et Alex opinèrent et ils partirent.

Ils se rendirent tous trois à la bibliothèque, où Sangster avait installé une grande table dans le fond. Plusieurs blocs de papier jaune ainsi qu'une pile de livres étaient posés devant la chaise de Sangster. Il attrapa un bloc, griffonna un code de bibliothèque sur un morceau de feuille qu'il tendit à Sid.

— Sid, il me manque celui-ci, veux-tu aller le chercher ?

Sid acquiesça et se dirigea vers les rayons.

Sangster regarda Alex.

— Ça va être du boulot. Mais je vais y aller ce soir.

— Que voulez-vous dire par « du boulot » ? demanda Alex. On a trouvé l'entrée.

— Oh, ils sont très contents pour l'entrée, dit Sangster. Ce qui ne leur fait pas plaisir, c'est de gaspiller des hommes et du matériel pour courir après deux otages. Ils craignent de perdre tout accès à la Scholomance si on fait quelque chose d'important et d'énorme.

Alex était dégoûté.

— Vous êtes en train de dire qu'ils préféreraient sacrifier mes amis parce que les sauver serait inopportun ?

— Alex, dit Sangster, l'œil noir. Nous ne sommes pas une bande de méchants de BD. Pour répondre à ta question, oui, ils *sacrifieraient* un innocent si cela devait permettre de sauver *davantage de vies*. Si entrer dans la

Scholomance *plus tard*, avec un plan mieux préparé, en en sachant plus, sauvait plus de vies, alors ils ne bougeraient pas tout de suite. Mais au-delà de ça, n'as-tu pas l'impression qu'il s'agit d'un *piège* ? Deux otages seulement, enlevés juste devant moi, qui suis un agent connu d'eux, et devant toi, un garçon qu'ils attendent impatiemment de voir à l'œuvre ?

Alex blêmit à l'idée que le monde des vampires n'attendait que de le voir « en scène », comme s'il était un nouveau frère Jonas.

— Mais vous y allez, dit-il.

Ce n'était pas une question.

— Oui, j'y vais, dit Sangster. J'ai bataillé pendant des heures. Je n'abandonne pas un élève. Ils autorisent l'entrée d'un seul homme. Un essai. C'est comme ça.

— Je dois vous poser une question, dit Alex. Vous pensez vraiment qu'ils sont encore en vie ?

— Oui, je le pense, dit Sangster.

— Pourquoi ? demanda Alex.

Il était hanté par ses craintes au sujet de Paul et Minhi.

— Parce qu'on n'enlève pas deux otages devant témoins pour les tuer tout de suite après.

Sangster griffonna un autre numéro sur un bout de papier qu'il passa à Alex.

— Donc… au pire, c'est probablement un piège. Mais Icemaker est toujours en train de préparer quelque chose et j'ai besoin de découvrir ce que c'est. Tiens ! J'ai besoin de quelque chose sur tout le cirque Icemaker, Mary Shelley, Polidori, tout le monde. Va chercher ça.

Alex se retourna, les yeux sur le morceau de papier. C'était le livre *Les monstres,* référencé 823 HOO. Alex avança le long des étagères sans fin en les scrutant jusqu'à ce qu'il trouve la rangée 810-830.

Il fallut peu de temps à Alex pour repérer le livre que Sangster l'avait envoyé chercher. C'était un livre récent sur les Romantiques et qui venait visiblement d'être acheté et mis en rayon. Quand Alex le trouva, il le sortit, le coinça sous son bras et regarda à côté si un autre pourrait se révéler utile. Il aimait tomber sur l'information de cette façon. Passer en revue les livres à proximité supplantait systématiquement les recherches en ligne à coup de mots clés. Sa recherche fut payante : il trouva un autre volume — *Polidori et les vampires* — qui lui donna la chair de poule.

Il entendit alors un craquement. Un livre tomba d'une étagère supérieure.

Alex leva les yeux et se redressa en entendant un rire gras. Il eut à peine le temps d'apercevoir le visage de Steven Merrill entre les piles de livres. Puis quelque chose de lourd le frappa au front. Le temps que le livre arrive par terre — il se trouve que c'était un exemplaire de *Childe Harold* —, Alex était assommé. Il essaya de se tenir droit et d'attraper l'étagère, mais elle était en train de se renverser, les livres s'éparpillant tout autour. Alex commença à tituber et trébucha vers l'allée.

Puis l'action se déroula comme au ralenti. L'étagère de quatre mètres de haut se mit à tomber sur celle d'à côté, tels des dominos, avec Alex en dessous. Il sentit soudain qu'on l'attrapait par la taille et qu'on le poussait avec force. Alex atterrit dans l'allée, par terre, les bras en croix. Sain et sauf.

La bibliothèque fut secouée et gronda, les rayons s'effondrant dans un effroyable fracas de bois suivi de milliers de bruits plus légers de livres tombant par terre.

Puis tout fut silencieux. Alex se mit sur ses pieds en chancelant, jetant un regard par-dessus son épaule pour voir qui l'avait attrapé. Il vit Sangster, à moitié enterré sous les étagères, tentant de s'en extirper.

Sangster jura, puis leva les yeux vers Alex.

— Aide-moi avec ça, dit-il d'une voix éraillée.

Sid arriva en courant, suivi d'autres étudiants et de la bibliothécaire. Ils se mirent tous à soulever l'étagère pour libérer les jambes de Sangster jusqu'à ce qu'il y ait suffisamment d'espace pour que la bibliothécaire, une femme costaude et bien charpentée, puisse attraper Sangster par les épaules et le dégage.

Ils laissèrent l'étagère se remettre en place.

— Ne vous levez pas.

La bibliothécaire retint sa main.

— Est-ce que vous sentez vos jambes ?

Sangster les toucha.

— Oui, oui, mais...

Il montra sa jambe gauche, les dents serrées.

— Je pense que celle-ci est cassée.

— Toi, dit la bibliothécaire en regardant Alex. Va devant et appelle une ambulance.

Alex scruta la bibliothèque à la recherche des Merrill, mais il n'y avait personne en vue. Tout en courant vers le téléphone, il les maudit, leur promettant une vengeance indescriptible. Si Sangster était blessé — si Sangster ne pouvait accomplir sa mission ce soir, sachant que le

Polidorium ne l'autoriserait pas sans Sangster –, quelles seraient les chances de survie de Paul et Minhi ?

Chapitre 16

— Ce n'est qu'une entorse.

Sangster balaya les protestations de Mme Hostache qui était en train d'arranger un oreiller qu'une infirmière avait placé derrière sa tête lorsqu'ils l'avaient conduit aux Urgences. Sangster se trouvait dans une salle des Urgences à la clinique de Secheron. Alex et Sid l'avaient accompagné dans l'ambulance à condition qu'ils restent silencieux et qu'ils n'interviennent pas.

Le médecin avait déjà placé la jambe de Sangster dans une attelle en résine qui l'empêchait de la plier. Il devrait la porter, avait dit le médecin, pendant près d'un mois. Cela signifiait des semaines en fauteuil roulant ou avec des béquilles. Pour le moment, ils attendaient ses roues.

— T'est-il déjà arrivé d'aller quelque part sans déclencher de catastrophe ? demanda Mme Hostache en fixant Alex des yeux.

Il pouvait entendre ce qu'elle pensait. Elle envisageait les possibilités, les points de vue : qu'est-ce qui pouvait causer la chute d'une énorme étagère ? Est-ce qu'on avait essayé de grimper dessus ou autre idiotie ? Est-ce qu'il fallait penser à quelque chose de bien plus sombre ? Était-ce la faute d'Alex ? Faisait-elle confiance à Alex ou pas ? Surtout après son exploit.

Alex s'éclaircit la gorge.

— Si M. Sangster n'avait pas sauté pour me pousser comme il l'a fait, je… je dis juste que ces trucs sont lourds.

— Comment est-ce arrivé ? finit-elle par demander, s'obligeant à adopter un ton neutre.

Il pouvait dire la vérité. Il avait vu les Merrill et, naturellement, ils le détestaient et n'hésiteraient pas à tenter une mauvaise action. Mais les avait-il vraiment vus pousser, ou grimper, ou quoi que ce soit ? Était-ce suffisant pour les condamner ? Il finit par dire :

— Je ne sais pas.

— Étais-tu en train d'escalader l'étagère ? demanda Mme Hostache en repoussant ses lunettes.

Je n'ai pas quatre ans, eut envie de dire Alex, mais il se contenta de secouer la tête avec honnêteté.

— Non, absolument pas.

— Il n'escaladait pas, dit M. Sangster en roulant des yeux. Je crois avoir entendu des enfants chahuter, mais le temps que j'arrive là-bas, l'étagère était en train de tomber.

— Et voilà !

Un infirmier de trente-deux ans à queue de cheval arriva en poussant un fauteuil roulant pour Sangster.

— Votre monture, M'sieur.

— Je peux prendre les béquilles, dit Sangster en indiquant celles à côté du lit.

— La politique de l'hôpital, m'sieur, veut que vous sortiez en fauteuil roulant. Ensuite, vous pouvez bien partir en courant, dit l'infirmier en riant.

Sangster haussa les épaules.

— Alex, apporte ces béquilles à l'entrée principale s'il te plaît.

Alex prit les béquilles et tout le monde suivit Sangster dehors. Lorsqu'ils furent à la porte, Sid monta à l'arrière de la camionnette et Mme Hostache se mit derrière le volant et démarra.

Tout en aidant Sangster à prendre place dans la camionnette, Alex demanda à voix basse :

– Et le raid ?

– La position officielle est d'attendre et voir venir ; le raid, c'est mon idée.

Sangster secoua la tête, dégoûté.

– Je serai vite sur pieds.

Le moteur tournait et à présent Alex, à une allure de tortue, faisait passer Sangster de son fauteuil roulant à ses béquilles.

– Combien de temps cela prendra-t-il ? Le médecin a dit des semaines.

– Ce n'est pas l'idéal.

Sangster soupira.

– Mais fais-moi confiance ; ce ne sera pas aussi long.

– C'est *dingue,* siffla Alex.

– *Chut,* dit Sangster. Calme-toi.

– Les avez-vous déjà appelés ?

– Non, dit Sangster.

– Alors, le Polidorium pense toujours que vous y allez ce soir ?

– Ils m'ont donné leur autorisation à contrecœur et un paquetage m'attend sous la statue de l'ange, dit Sangster. Ce sera pour plus tard.

Paul et Minhi pourraient bien ne pas bénéficier de tout ce temps, se dit Alex.

À 22h, Alex se leva et trouva Sid qui le fixait des yeux depuis son lit. Il était étendu sur le côté, le regardant en silence. Alex enfila sans un mot un jean et une veste de gymnastique à capuchon. Sid attendit qu'il soit installé au bureau pour parler.

— Où vas-tu ?

— Oh, dit Alex en attrapant une paire de baskets. J'ai oublié le... j'ai laissé un...

— Vas-tu les chercher ?

Alex leva les yeux. Il n'avait pas la moindre idée de ce qu'il devait répondre et il essaya plusieurs options dans sa tête. Puis il dit sincèrement :

— Je vais à la Villa Diodati.

— Cela doit rester secret, n'est-ce pas ? demanda Sid.

Alex finit ses lacets.

— Ouais.

— Alors, je dormais.

Sid se tourna vers le mur.

Alex hocha la tête et se leva.

— J'ai besoin d'emprunter ton vélo encore une fois.

– *Ramène*-le.

Alex parcourut quatre cents mètres sur la route avec le vélo de Sid avant de l'abandonner derrière un petit bosquet de pins, là où Sangster et lui avaient caché la Kawasaki Ninja aux premières heures du jour en revenant du lac. Il camoufla le vélo sous une bâche et plusieurs branches. Il lui fallut encore vingt minutes avant d'atteindre les vignes de la Villa Diodati.

Chapitre 17

Le bourdonnement sifflait et vibrait à l'arrière de la tête d'Alex tandis qu'il arpentait la plage à proximité de la Villa Diodati. La statue d'ange posait son regard sur l'eau, ses ailes déployées, ses bras grands ouverts, accueillants. Alex se pencha et écarta le sable à côté du socle en marbre. Au bout d'un moment, il sentit ses mains toucher un sachet en plastique.

Il sortit le sac du sable et y trouva ce que Sangster avait appelé le paquetage, un sac à dos noir portant l'emblème du Polidorium sur le dessus. Alex s'en empara rapidement, regardant alentour si l'un de leurs agents n'arrivait pas pour le récupérer. Il ouvrit le sac et y trouva un lourd rouleau de cuir. *Comme celui que Sangster avait avant, lorsqu'on cherchait l'entrée.* Il le posa par terre et le déroula.

Alex examina l'équipement. Il vit un filet contenant plusieurs balles en verre remplies d'eau, une polyarbalète munie de quatre chargeurs à douze coups, un assortiment de couteaux en argent, et l'un de ces pieux spécialement coupés entourés d'argent. La polyarbalète était dotée d'une bandoulière qu'il passa par-dessus son épaule. Il y avait aussi une sorte de pistolet à air comprimé avec un grappin dans le canon. Cool. Il choisit d'ignorer le Beretta ; il s'était entraîné avec des fusils de chasse, mais il connaissait assez les armes pour ne pas essayer d'en utiliser une dont on ne lui avait pas expliqué le fonctionnement. Il accrocha le pieu à sa ceinture.

Alex trouva un casque Bluetooth fixé au rouleau, le retira et le mit sur ses oreilles. Il repensa au moment où il était à la ferme.

Il pressa le bouton sur le casque. Il se demanda qui allait répondre et prépara plusieurs réponses.

Une réponse arriva :

— Ici la Ferme.

Alex dit :

— Ferme, je suis sur le terrain, je voudrais parler à Sangster.

La voix reprit aussitôt :

— Je vous le passe.

Alex cligna des yeux, content de lui, et attendit. Il y eut une série de clics et finalement la voix de Sangster à l'autre bout de la ligne.

— Ici Sangster.

— Sangster, c'est Van Helsing.

Il y eut un silence, puis il entendit un crépitement lointain.

— Tu dois te moquer de moi.

— J'ai le paquetage, dit Alex. J'y vais.

Il coupa la communication.

Alex se tourna vers l'eau et sentit le bourdonnement monter en intensité dans sa tête. Il lança une balle de verre en l'air, leva la polyarbalète et l'explosa d'un seul coup. Les éclats de verre tintinnabulants ouvrirent l'eau sur un autre monde. Maintenant, il devait faire vite.

Le froid saisit les membres d'Alex quand il s'enfonça dans le lac. À proximité de l'entrée du tunnel, ce fut pire ; la température dégringola. Il pouvait voir sa respiration. Il se mit à claquer des dents en s'accrochant au bord du tunnel et il tourna ses jambes vers le haut, rampant sur le sol en pierre. Le bourdonnement pilonnait. Cet endroit était diabolique.

Oublie ça. Concentre-toi.

Pendant un moment, Alex se remémora ses premières leçons de ski sur une montagne où il s'était retrouvé dans une situation précaire. Il avait alors commencé à se plaindre et à se dire qu'il n'arriverait pas à descendre.

Qu'es-tu en train de faire à cet instant ? Es-tu en train de résoudre tes problèmes ou n'est-ce que du bruit ?

Pour le moment, le bourdonnement n'était que du bruit. Il obligea son esprit à mettre le bourdonnement de côté.

Trempé jusqu'aux os, Alex s'arrêta un instant dans la bouche du tunnel. À l'intérieur, l'air était toujours glacial, mais au moins ne nageait-il plus dedans. Il s'accroupit et se ramassa sur lui-même. Le tunnel était assez large pour une voiture et, en regardant plus bas, il vit qu'il était incliné à quinze degrés environ, puis se redressait, hors de vue, avant de redescendre à nouveau probablement. *Combien de tanières souterraines semblables à celle-ci la Suisse peut-elle receler ?* Il amena le sac devant lui et remarqua que la fermeture à glissière faisait office de fermeture hermétique, rendant le sac imperméable. Alex toucha le mur du tunnel. Il semblait être fait en pierre et recouvert d'une matrice qui s'étendait à perte de vue. À intervalles réguliers, des poutres recouvertes de crânes venaient renforcer l'ouvrage.

Il alluma le casque Bluetooth et dit :

— Êtes-vous toujours là ?

— Alex, fit la voix de Sangster, calme et paisible. Tu dois faire demi-tour. N'entre pas dans ce tunnel.

— Trop tard, dit Alex. Allez-vous m'aider ou allons-nous encore parler de ça ?

— Tu es déjà en danger.

— Oui et j'ai besoin de votre aide, dit-il.

Alex devait se faire une idée de ce à quoi il allait être confronté.

— Les murs sont enduits d'un filet… une sorte de filet blanc. Qu'est-ce que c'est que ça ?

La matrice brilla dans la lumière tandis qu'Alex passait la main dessus.

Sangster répondit :

— Il s'agit probablement d'un grillage d'os renforcé.

— Beurk, dit Alex en retirant sa main.

— Ce n'est pas de l'os pur, cependant, il doit y avoir du métal ou autre dedans. C'est un polymère quelconque.

— Les vampires font des polymères ?

— Les vampires font exécuter des ordres, dit Sangster. C'est sans doute quelqu'un d'autre qui se charge des polymères.

— Je n'aurais jamais imaginé qu'ils soient aussi organisés, dit Alex.

Évidemment, je n'ai jamais su qu'ils existaient. Il y eut un clignotement derrière lui, à l'entrée du tunnel, et il se retourna avec surprise, pour voir l'ouverture se refermer. On voyait à présent une irisation d'eau sur le dessus et il pouvait deviner le clair de lune au loin, trouble à travers le liquide.

Alex repartit vers l'entrée et frappa le mur d'eau de sa main pour savoir à quoi il devait s'attendre. Sa main rebondit douloureusement, comme s'il avait touché quelque chose de solide.

— Wouah !

— Quoi ? souffla Sangster au loin.

— J'ai heurté l'entrée, dit Alex. C'est fermé. Est-ce de la technologie ou de la magie ?

— Les deux, répliqua Sangster.

Alex comprit que le professeur avait décidé qu'il n'avait pas d'autre choix que de le guider.

— Bon. Alex, tu dois être toujours en mouvement. Tu ne dois pas rester immobile très longtemps. Tiens-toi loin des murs. Je pense qu'ils ne sont pas sensibles, sinon tu aurais déjà entendu des alarmes, mais il vaut mieux ne pas prendre de risques.

Alex éloigna vivement sa main du mur.

— Vous auriez pu me prévenir avant.

— Dis-moi, dit le professeur. Qu'en est-il de... ton autre sens ?

Alex battit des paupières.

— Il vibre, enfin, vous savez, ici.

— C'est ce que je craignais, dit Sangster. Il ne pourra pas t'avertir d'une attaque sournoise parce que tu es entouré par le mal. Il va résonner en permanence. Nous allons trouver quelqu'un pour t'aider à ce sujet.

Alex se demanda qui ils allaient trouver pour lui venir en aide.

— Ce quelqu'un ne sera pas mon père, n'est-ce pas ?

— Cela dépend de toi, dit Sangster.

Tandis qu'Alex rampait, Sangster lui chuchotait des conseils :

— *Reste accroupi. Ne va nulle part à découvert. Si tu vois qui que ce soit venir vers toi, cours. Tu es là pour trouver les otages et des informations, pas pour affronter l'ennemi.*

Après avoir parcouru environ un kilomètre, la lumière était devenue si faible qu'Alex parla à nouveau :

— Cela devient difficile d'y voir.

— As-tu le paquetage ?

— Oui.

— Regarde dans la poche gauche. Tu vas trouver, fixée sur le côté, une paire de lunettes infrarouges. Mets-les.

Alex les trouva. Elles étaient légères, à peine plus volumineuses qu'un masque de soudeur et quand Alex les mit, il trouva le bouton et appuya.

Tout à coup, il put voir à nouveau. Il faillit crier.

Sangster l'entendit hoqueter. Alex dit :

— J'ai trouvé quelqu'un.

— Un garde ?

— Non.

À cinq centimètres du visage d'Alex se trouvait une *cage.* Elle pendait juste devant lui, une cage à oiseau de deux mètres de haut, accrochée au plafond. Un crâne momifié reposait sur le sol de la cage, à hauteur de ses yeux. Le squelette portait des habits verts en lambeaux.

— Doucement, murmura Sangster.

— Qu'est-ce que…

Alex s'écarta lentement de la cage, se déplaçant vers le milieu de l'allée. Il observa la forme disloquée — ça, *il,* portait des grosses bottes, un pantalon large et une ceinture en toile.

— C'est un squelette, ou presque, dans une cage suspendue, dit-il. Il est habillé comme quelqu'un sortant d'un film sur la Seconde Guerre mondiale.

Il s'accroupit légèrement pour voir la poitrine du squelette et lut son nom à haute voix.

— Bates. Pourquoi est-il ici ?

— C'est probablement un avertissement, dit Sangster. Ne te laisse pas distraire, continue d'avancer.

Respire. Bouge.

Alex passa à côté du squelette.

C'est alors qu'il se réveilla.

Un râle sortit des lèvres minces et momifiées tandis que les yeux morts et desséchés à l'intérieur du crâne se fixèrent sur lui. Un bras osseux surgit de la cage au moment où Alex passait et attrapa sa veste.

— Ahhh !

Alex essaya de se dégager et la main osseuse s'agrippa plus fort. Ses doigts étaient en partie dans sa poche.

— Il est vivant, il m'a attrapé !

Le temps se figea alors qu'Alex se sentit tiré vers la cage, le crâne grinçant des dents. Le crâne commença à gémir. *Attends. Attends.* Il tenait la polyarbalète dans ses mains.

— Frappe-le, dit Sangster d'un ton posé, quel que puisse être le degré d'inquiétude qu'il ressentait. Dégage-toi.

Alex donna un coup de polyarbalète sur le poignet de la chose, qu'il sentit craquer et retomber en cliquetant contre la cage. Il haleta et s'éloigna dans le couloir, fixant des yeux le squelette qui continuait à tendre inutilement le bras vers lui de l'intérieur de sa cage.

— Je suis libre, dit-il.

Le squelette gémissait toujours.

— C'est un gémissement de zombie, insista Sangster.

— Je sais ! C'est un satané squelette de zombie dans une…

— Il va appeler les autres.

— Quoi ?

— Retourne-toi, dit Sangster.

Alex se retourna lentement, tandis que des bruits de gémissements gutturaux et surnaturels commençaient à affluer dans le tunnel sombre.

À travers ses lunettes infrarouges, il put voir des formes se mettre à sortir d'un pas traînant de coffres dans les murs — des cadavres qui se traînaient lentement vers lui. Des zombies.

— Oh, mon Dieu, dit Alex.

— Combien sont-ils ?

— J'en vois six, dit Alex.

— Ils sont lents et stupides, dit rapidement Sangster. Essaie de les dépasser. Ne les laisse pas t'attraper. Si tu dois en tuer un, un projectile dans la tête est le seul choix possible.

Les zombies se déplaçaient lentement, formant une ligne désordonnée dans le tunnel.

— Je ne vois pas par où passer.

Sangster réfléchit une seconde.

— Choisis le plus grand, courbe-toi, cours vite et frappe-le sous les genoux. Ne t'arrête pas de courir.

Alex opina, même si Sangster ne pouvait pas le voir. Les zombies qui arrivaient sur lui se composaient de quatre hommes et deux femmes, certains portant des habits civils. L'un d'entre eux était vêtu d'un kilt.

Un zombie soldat, au milieu, portant encore son casque de la Seconde Guerre mondiale, sa tête squelettique sur le côté, dépassait des autres. Alex se pencha et courut.

La puanteur entêtante de la vieille pourriture emplit le nez d'Alex quand son épaule cogna le zombie au niveau des genoux. Les deux zombies se tenant de chaque côté le virent arriver, le regardant stupidement et tendant les mains vers lui tandis que leur copain se renversait. Alex passa en roulant et commença à se relever en vitesse, mais son pied glissa sur la pierre humide du tunnel. Il s'étala.

Le zombie qu'il avait heurté était toujours étendu face contre terre, désorienté, mais ceux qui se trouvaient de chaque côté poursuivaient Alex. Quand il glissa, son pied s'approcha de l'un d'eux et un long bras osseux s'empara de sa cheville. Le zombie, un homme en parka, ouvrit la bouche et gémit.

Alex tenta de se lever, mais le zombie commença à le tirer vers lui. Alex leva la polyarbalète, visant la tête. Il tira un carreau et toucha le zombie à l'épaule. Celui-ci tituba, le tirant toujours. Alex glissait sur le dos. Il tira encore, le touchant à la tête cette fois-ci ; le zombie qui tomba, mort. Un autre s'approchait, mais Alex était prêt cette fois. Il approcha la polyarbalète du front du zombie et fit feu.

Alex se redressa. Les autres arrivaient ; celui qu'il avait heurté avait réussi à se retourner et à se lever. Alex se mit à courir et sentit un craquement sous ses pieds. Il continua sa course sous les gémissements persistants.

Réfléchis. Ils avancent régulièrement. S'il voulait se glisser dans l'école et sauver ses amis, il devait trouver une solution ou bien ils le suivraient tout du long. D'autres créatures, moins stupides, pouvaient les entendre à tout moment.

Alex s'arrêta, les quatre zombies restants s'avançant vers lui. Il posa ses yeux sur la polyarbalète. Il lui restait cinq coups.

Il choisit un zombie, courut vers lui et lui tira un carreau dans la tête avant que les autres aient pu l'attraper. Il se retourna et en prit un second.

Le troisième, se déplaçant lentement mais sûrement, l'attrapa par la veste. Alex prit le poignet du zombie et le plaqua contre le mur. Il leva la polyarbalète et tira, laissant tomber le zombie.

Encore un, mais il était proche. Il était sur lui, gémissant et claquant des mâchoires. Alex tira, le manqua, le carreau se perdit au loin. *Plus qu'un.* Après, il lui faudrait recharger et cela signifiait ouvrir le sac. *Ne le manque pas.* Le zombie s'approcha, la bouche grande ouverte. Alex plaça la polyarbalète entre ses dents et tira un coup dans son cerveau.

Il recula. Il était seul.

Vraiment seul. Il avait fait tomber, et écrasé, le Bluetooth.

Chapitre 18

Il fallait tenter le tout pour le tout. Il n'y avait pas de retour possible. Le tunnel s'étendait encore sur quatre cents mètres avant de tourner. Alex put alors enlever ses lunettes infrarouges, car il devinait une lumière au loin.

Lorsqu'il atteignit le bout du tunnel et s'accroupit, au seuil d'une immense étendue, Alex ne put retenir un sifflement, à peine audible.

C'était la Scholomance.

Regarde-moi l'immensité de ce truc. Il n'avait jamais vu une caverne aussi grande de sa vie, même comparée au quartier général du Polidorium. Elle semblait s'étendre sur des kilomètres, le grillage blanc brillant tapissant tout l'intérieur, l'empêchant de s'effondrer. Sa sensation du danger était intense et toujours en éveil, un bourdonnement sourd en permanence à l'arrière de sa tête.

Alex fit l'inventaire de ce qu'il pouvait voir.

Devant lui, une colonne de véhicules lui cachait partiellement la vue de ce qui devait être l'entrée principale de l'école, mais lui servait aussi de couverture. À une distance d'environ deux terrains de football, se trouvait une grande porte, suffisamment large pour des voitures. Elle était haute, en fer, et marquée d'un grand *S*. Un mur en pierre s'étendait à perte de vue de chaque côté de la porte.

De l'autre côté des véhicules et de la porte, Alex vit une cour et un château garni de tourelles. Plusieurs bâtiments modernes et immenses, en verre et marbre, ressemblant fort à des pavillons d'université, entouraient le château.

Allons-y, pensa Alex. Il avança en courant et s'accroupit à côté d'un véhicule blindé de transport de troupes. C'était l'un des véhicules qu'il avait vu passer la nuit de l'arrivée d'Icemaker. Et maintenant ? Il aurait eu besoin de passer la porte ou par-dessus le mur. Que faire d'autre ? Il était un être humain en jean et veste légère. Il devait trouver un moyen de franchir la porte.

À proximité du métal froid du véhicule blindé, Alex scrutait l'horizon à la recherche de gardes. Il n'y avait personne entre lui et le mur. Il prit une inspiration, se leva et courut à toute vitesse, ne s'arrêtant que lorsqu'il posa ses mains sur la pierre du mur lui-même.

Le mur faisait trois mètres cinquante de haut, plus de deux fois sa taille. Alex l'examina. Il envisagea un instant de courir jusqu'à la porte et de se glisser entre le mur et la porte, mais c'était trop risqué. Il serait exposé tout du long.

Alex se souvint alors du paquetage. Il fit glisser son sac, s'accroupit bas contre le mur, et sortit le pistolet à grappin. *Pendant que j'y suis...* Il mit une nouvelle cartouche dans la Polyarbalète et ferma le sac.

Il recula, visa en l'air et tira. Au son d'un *doum* silencieux, un grappin d'argent s'éleva dans l'air et par-dessus le mur. Alex le tira jusqu'à ce qu'il entende un bruit sec et métallique de l'autre côté. Il attendit encore qu'il soit bloqué, puis il tira.

Il fallut à peine quelques instants à Alex pour escalader, puis il se mit à plat ventre sur le mur. Il était brut mais pas coupant. Il put y presser son visage sans que ce soit trop pénible et il resta immobile, à observer. Puis il ramena le fil, rapidement et précautionneusement, et le fourra dans le sac tandis que ses yeux faisaient un tour d'horizon.

Il s'aperçut avec stupéfaction que l'herbe était *blanche*. Là où, sur un campus normal, on aurait trouvé des pelouses vertes bien entretenues, l'herbe était blanche comme de l'os et presque éblouissante, épaisse et parfaitement taillée. Le « ciel », qui n'était autre que le lointain plafond en roche de la caverne, ne faisait qu'ajouter à la nature étrange du paysage.

Puis il vit des gardes aller et venir près de la porte. Il pencha la tête, sentant une poussée d'adrénaline traverser sa poitrine. Il se serait trouvé juste à côté d'eux. Ils étaient entièrement vêtus de blanc, comme la fille face à laquelle il s'était retrouvé dans les bois à peine une semaine avant. Il réfléchit une seconde. C'était avant l'arrivée d'Icemaker. Et les vampires d'Icemaker étaient en rouge.

Il sut comment il pouvait entrer. Mais il ne lui fallait pas ceux-là. Ceux-là étaient des locaux, les gardes de Scholomance. Ils seraient sans doute plus reconnaissables et il aurait du mal à prendre la place de l'un d'eux. Les gardes en rouge étaient des nouveaux venus, à peine connus.

Alex attendit que les gardes se déplacent, puis il commença à ramper sur le mur, jusqu'à ce qu'il atteigne une zone où davantage de véhicules étaient garés contre le mur.

À côté d'un autre véhicule blindé, une paire de vampires en rouge foncé et capuches. Parfait.

Ceci n'arriva pas : Il ne descendit pas du mur pour taper sur l'épaule des vampires. Les vampires ne se retournèrent pas comme deux idiots, laissant Alex les tabasser et piquer leurs vêtements. Cela *aurait pu* arriver – dans l'infini de l'univers, cela devait arriver quelquefois –, mais ce n'est pas ce qui se passa cette fois, parce qu'Alex faillit se trahir en tombant du mur.

Alex commença à descendre, mais alors qu'il lançait ses jambes vers le bas, son survêtement resta accroché aux briques dentelées et faillit l'étrangler. Il poussa sur ses jambes et hoqueta en atterrissant sur son épaule.

À treize mètres de là, les deux vampires en rouge tournèrent instantanément la tête dans sa direction.

Repéré. Il n'avait le temps de rien faire. Les vampires se déplacèrent à une vitesse démente, un éclair de pantalons et bottes rouges et de visages blancs fondit sur lui. Alex souleva la polyarbalète et tira un carreau.

Le vampire de droite tomba en poussière avec un «*pff*».

L'autre se dirigea droit sur Alex, l'attrapant par la gorge avant qu'il ait eu le temps de comprendre ce qui arrivait. La polyarbalète tomba des mains d'Alex, qui fixa une seconde les yeux brillants du vampire.

– Qu'est-ce que c'est? siffla le vampire.

Alex battit des paupières tandis que le temps ralentissait sa course.

Ne reste jamais immobile. Réponds aux questions.

Que se passe-t-il ? Il m'étrangle.

Qu'est-ce que tu as ? J'ai fait tomber mon arme !

Qu'as-tu d'autre ? J'ai un pieu. Il est dans ma ceinture.

Tandis que les ongles du vampire s'enfonçaient dans son cou, il trouva la poignée du pieu dans sa boucle de ceinture. Plus d'hésitation, *attrape-le.*

Cette chose avait des yeux. Des yeux humains. Des yeux et un corps à qui quelqu'un avait donné naissance. Quelqu'un…

Ce n'est pas une personne. C'est une non-personne, une ancienne personne, un individu post quelque chose. Transperce-le avant qu'il fasse la même chose de toi. Fais-le maintenant.

Il leva le pieu, attrapant le vampire au ventre. La créature siffla de douleur tandis que sa peau brûlait, la chair grésillant au contact de l'engin en bois, et il lâcha Alex.

Alex ne perdit pas de temps à retirer l'arme et à l'enfoncer à nouveau dans la poitrine de la créature. L'explosion de poussière se répandit sur lui et les yeux d'Alex s'embrasèrent atrocement quand les particules entrèrent dedans. Il se plia en deux, cligna des yeux, sentit le plastique de ses lentilles s'agiter frénétiquement contre ses globes oculaires.

Alex respira profondément, clignant des yeux.

Super. Cela aurait pu aider de prendre leurs habits avant de les faire brûler.

Il se déplaça en silence de long de la file de véhicules jusqu'à ce qu'une nouvelle occasion se présente – un vampire en uniforme rouge travaillait sous le capot d'un Hummer.

Le bourdonnement se fit plus fort tandis qu'il accélérait, le cœur battant la chamade. *Tu peux le faire. Vas-y.*

Alex courut et enleva d'un coup la barre qui retenait le capot. Il claqua de toutes ses forces le capot sur la créature. Il tomba lourdement, enfermant la tête du vampire. Le vampire se débattit et s'agrippa, aveugle.

Alex claqua à nouveau le capot et le vampire ne bougea plus.

Il réalisa qu'il ne pouvait pas être mort. Il n'avait pas fait *pff.*

Il sentit son sang circuler alors qu'il se déplaçait rapidement, comme instinctivement. Non – instinctivement, sans aucun doute. Ceci était le boulot pour lequel il était fait. Alex attrapa la tunique du vampire et souleva légèrement le capot du véhicule pour la faire passer par-dessus la tête de celui-ci. Il laissa retomber le capot et dépouilla en vitesse le vampire de son pantalon et de ses bottes. Juste au moment où le vampire revenait à lui, il le tua.

Alex se pencha derrière le Hummer et enfila le pantalon et la tunique rouges par-dessus ses propres vêtements. Ils étaient beaucoup trop grands pour lui. Il fut obligé de porter le sac à dos en dessous, sur sa chemise. Il garda la polyarbalète à l'épaule, également sous la tunique, mais il glissa le pieu dans une poche extérieure du caleçon.

Le temps qu'il arrive au bout de la file de véhicules, il était habillé en vampire, bien que de petite taille, espérant que sa capuche l'aiderait à y ressembler.

Alex s'arrêta au bord du château. Il pouvait voir toute la cour et de nombreux bâtiments en marbre noir derrière le château de Scholomance. Pour la première fois, il jouissait d'une bonne vue sur la population.

Il y avait des vampires sur la pelouse devant le château mais aussi sur le côté, certains marchant ensemble, d'autres étendus sur l'herbe blanche avec ce qu'Alex supposa être des livres. Certains des livres qu'il vit étaient anciens et reliés de cuir, mais la plupart étaient neufs et lisses.

Des vampires jouaient au soccer dans la cour principale. Cet endroit ressemblait à une galerie ou un parc d'université et l'ensemble du corps étudiant semblait être de sortie. Il n'avait d'autre choix que d'avancer, le capuchon rabattu sur la tête, et de commencer à parcourir rapidement le chemin longeant le château, à la recherche d'une entrée.

Alors qu'il marchait, deux vampires en blanc regardèrent de son côté et Alex hocha la tête du mieux qu'il put sous sa capuche, espérant que la mortalité de sa peau n'allait ni se voir ni se sentir à travers la tunique qu'il avait empruntée.

Si Paul et Minhi étaient retenus prisonniers, ils se trouvaient certainement dans le donjon. C'est-à-dire dans le château. Mais il ne voyait pas d'entrée dérobée pour le château.

En atteignant l'arrière du château, il se rendit compte qu'il était relié aux bâtiments en marbre noir. Devant lui, une porte annonçant CAFÉTÉRIA ouvrait sur le bâtiment d'à côté.

Bon, les vampires ont besoin de manger. Et de boire. Il essaya de ne pas trop y penser, parce qu'il n'y avait pas de retour possible, et il devait continuer de se déplacer.

Alex monta un petit escalier, passa une porte en verre et pénétra dans une cafétéria comme il n'en avait jamais vu.

Oh mon Dieu. Des tables étaient réparties à travers la pièce, avec un assortiment habituel d'élèves en train d'étudier ou de parler, mais à côté des feuilles, des livres et des notes froissées, étaient posés des verres, des gobelets, des bouteilles en plastique Nalgene, tous remplis d'un liquide rouge. Alex ne voulut pas s'intéresser à la *façon* dont ils les remplissaient, mais alors, il les vit : les prisonniers. Tout le fond de la cafétéria était occupé par des cages suspendues à des crochets fixés au plafond. Dans ces cages, il y avait des humains, sombres et impassibles.

Il fut saisi de frayeur en songeant à Minhi et Paul. Il se rapprocha pour examiner rapidement les visages des prisonniers, le long du mur de la cafétéria. Ils étaient sept en tout. Les captifs, à moitié morts, étaient aussi pâles que la mort, mais vivants, pauvrement vêtus d'une chemise d'hôpital. Quatre femmes, deux hommes, tous adultes. Paul et Minhi ne se trouvaient pas parmi eux.

Alors qu'il passait, une prisonnière, une femme dans la quarantaine, le regarda et son cœur bondit comme elle semblait ouvrir la bouche.

Il devait continuer à avancer.

Alex prit la décision d'attendre le moment opportun. Il sortit de la cafétéria sur la droite et poursuivit son chemin dans un couloir.

Un couloir qui était plein de vampires.

Chapitre 19

Pendant un instant, le bourdonnement devint un grondement et il dut s'arrêter pour l'obliger à rester à l'arrière-plan dans son esprit.

Une foule de vampires, la plupart vêtus de blanc, avançait tranquillement vers lui depuis plusieurs directions, passait autour de lui, chacun empruntant son propre chemin. Alex se tourna vers le mur, faisant semblant d'examiner un tableau d'affichage, cherchant une carte.

Il n'y en avait pas. Il resta là à écouter les voix qui passaient, entendant les vampires qui parlaient entre eux. Il ne put rien saisir d'important – la majorité d'entre eux semblaient être des étudiants préoccupés par leurs cours. Il entendit çà et là le terme *Icemaker* mais associé à des sujets insignifiants.

Il entendit alors des voix plus aiguës et porta son regard au fond du couloir. Une file d'élèves vampires, des adolescents, se déplaçait en groupe. C'étaient des jeunes – ou en tout cas, des vampires qui étaient jeunes quand ils s'étaient transformés.

Une grande femme vampire avec de longs cheveux bruns sortit de la cafétéria et sembla ralentir et regarder Alex en passant.

Déterminé à ne pas rester immobile, Alex attendit que le groupe, de la taille d'une classe, soit presque passé et se glissa derrière eux.

Il accompagna les petits vampires sur une cinquantaine de mètres. L'un d'eux, à la fin de la file, se retourna et ralentit pour marcher à côté de lui.

C'était un garçon vampire avec des cheveux noirs et des yeux blancs, la capuche baissée.

— Fais-tu partie de l'armée d'Icemaker ? demanda-t-il.

Alex continua à marcher, hochant la tête sous sa capuche.

— Oui, dit-il d'une voix râpeuse. Nous, euh, servons le maître en toutes choses.

— Vous parlez tous comme ça ? Cela doit être vraiment bizarre. Je pensais que seuls les véritables anciens parlaient ainsi. Êtes-vous très vieux mais transformé en garçon ?

Alex eut un regard de côté, tentant de ne pas laisser grand-chose à voir de son visage.

— Je ne m'en souviens pas, dit-il.

Réponse ridicule.

Son œil commença à tressauter. Il sentit instantanément ce qui était en train de se passer et jura intérieurement. Un grain de poussière tomba de ses cils dans son œil droit et il le cligna.

— Enfin, c'était il y a très longtemps, murmura-t-il au garçon.

Il essaya de contrôler le clignement de son œil, mais son verre de contact bougeait sous sa paupière. Il perdait de son adhérence sur le globe oculaire. À côté de lui, le garçon essayait d'avoir une meilleure vision de lui tout en continuant à parler.

— Je ne suis pas encore bien au courant de tout ça… Je n'ai été transformé que récemment, dit le garçon. Mais je fais des progrès. Quelques-uns d'entre nous vont sortir chasser plus tard.

Alex dit, ignorant la démangeaison de son œil :

— Chasser ?

— Absolument, dit le garçon. Mais n'en parle à personne. Une fille n'est pas revenue après avoir chassé ce peintre l'autre nuit. C'est contre les règles, tu sais. Mais quand même.

— Mais quand même, répéta Alex.

Ne le laisse pas voir ton visage. Ne touche pas ton visage. Le verre de contact roula sous sa paupière tandis qu'il clignait son œil de façon incontrôlée et il le sentit sortir.

Il était aveugle de l'œil droit. La moitié de sa vision, y compris le garçon, devint une sorte de brouillard indéchiffrable.

Il paniqua une seconde ; il détestait être aveugle, il ne pouvait pas être aveugle ici, pas maintenant. Le verre de contact n'était pas tombé. Il le sentait sur sa joue, humide et collé pour l'instant.

— Tu sens bizarre, tu sais, dit le garçon vampire.

Va-t-en. Il se contenta de hausser les épaules pour toute réponse, mit la main sur le pieu dans sa poche et resta en arrière.

La foule se dirigeait vers le prochain coin, mais à sa gauche, de sa vision claire, Alex repéra une grande porte noire sur le couloir. Il pria pour que le verre de contact reste collé à son visage s'il bougeait sans à-coups. En passant devant la porte, il se retourna d'un coup contre le mur, attrapa la poignée en cuivre et ouvrit la porte, se glissant dans une pièce.

Il attrapa immédiatement son verre de contact, sachant que ses mains étaient crasseuses, mais il n'avait pas le choix, et l'introduisit en hâte dans sa bouche. Il le garda sur la langue, se forçant à ne pas avaler, ne laissant pas sa bouche s'emplir de salive. Il pouvait le nettoyer avec sa langue s'il était suffisamment prudent.

Alex jeta un œil autour de lui et faillit s'étrangler de surprise.

La pièce était entièrement faite d'or — littéralement, de véritable or, avec un bloc en or au centre. Il vit aussitôt que le bloc ne reposait sur aucun support ; il flottait dans l'air comme s'il était suspendu par un fil invisible. Quelque chose de la taille d'une cage à oiseau, de soixante centimètres de haut et arrondi à son sommet, reposait sur le bloc, enveloppé d'une couverture en or.

Alex garda la bouche fermée, faisant tourner le verre de contact à l'aide de sa langue tout en se retournant. La porte derrière lui apparut comme une légère démarcation gravée dans un mur étincelant d'or, lui aussi. Les murs brillaient et formaient un cercle. *Pas d'angle droit. Pas de décoration.*

Soigne ton œil.

Alex frotta furieusement ses mains sur sa tunique pour les nettoyer du mieux qu'il pouvait, plaquant le verre de contact contre son palais. Au bout d'un instant, il libéra sa langue, attrapa délicatement le verre entre le pouce et l'index.

Il le leva, se servant de son œil gauche pour inspecter le contour du verre. Alex fronça les sourcils. Il l'avait mis dans le mauvais sens. Il ne ressemblait pas à un bol. La courbe était tournée vers l'extérieur. Alex le remit dans sa bouche et remua sa langue, la sentant retourner. Il sortit à nouveau le verre de contact et l'attrapa.

Alex regarda attentivement de son œil valide. Le verre était moucheté de salive, mais il était propre et entier. Il ouvrit son œil droit et y pressa le verre de contact, grimaçant tandis qu'il faisait tourner son œil, permettant au verre de se mettre en place. Puis il fut capable de cligner de l'œil. *Merde, je déteste ces trucs.*

Alex décrivit un cercle complet. *Quel est cet endroit ?*

La cage à oiseau recouverte le fixait en silence.

Il n'avait pas le choix. Il fallait qu'il voie.

Lentement, Alex s'avança vers le bloc sur un sol en or, poli à en être éblouissant. En s'approchant, il prit conscience d'une sorte de vrombissement monotone.

Alex tendit le bras, regardant sa propre main humaine comme s'il n'en revenait pas d'avoir osé. Il attrapa le haut de la couverture et la tira.

Devant lui se présentait le monde.

Il tournait lentement dans les airs, le monde lui-même, légèrement difforme. En s'approchant plus près, Alex s'aperçut qu'il ne s'agissait pas simplement d'un globe — *c'était* la Terre, par quelque moyen magique que ce soit. Il remarqua la texture et les fissures, de vastes zones bétonnées s'étendant sur l'Amérique du Nord, du verre et de l'argent dominant dans le Nord-Est.

Il fit le tour de la mappemonde, suivant le tracé de la grande muraille de Chine à travers l'Asie.

Il y avait plusieurs points brillants sur le globe, formant des groupes en Europe, en Amérique, en Asie, partout.

Il fit à nouveau le tour de la lente révolution de la Terre, observant attentivement l'Europe, à la recherche de la Suisse.

Un grand centre doré brillait depuis le lac Léman.

C'était une carte de vampires. Il se remémora le slogan du Polidorium : *De telles choses existent.*

Alex tendit un doigt pour toucher l'Atlantique.

C'était humide au toucher et il eut un petit rire. Des alarmes se mirent alors à retentir dans la pièce.

Sous un concert de klaxons, Alex jeta la couverture sur la terre des vampires et se rua sur la porte. Il la poussa et en une seconde, il était dans le couloir.

La porte se referma, ne semblant pas plus impressionnante qu'avant.

Il prit une demi-seconde pour examiner le couloir et vit qu'il y avait à présent moins de vampires qui allaient et venaient. D'ici, on n'entendait pas l'alarme. Il continua d'avancer.

Au bout du couloir, Alex s'arrêta devant un nouveau panneau affichant des petites annonces telles que : AUDITIONS DE MUSIQUE et CHERCHE UN COLOCATAIRE/NON FUMEUR EXIGÉ. Il tourna sa capuche vers le mur afin d'exposer le moins possible son visage à la vue des élèves.

Sur un côté du tableau, un calendrier détaillait les événements en cours et à venir et Alex les parcourut en silence.

Ses yeux s'arrêtèrent sur une note qui le remplit d'inquiétude : MINUIT AUJOURD'HUI : PRÉSENTATION DU SACRIFICE DU TROU DE SERRURE. AUDITORIUM DU DONJON. VENEZ NOMBREUX.

Sacrifice du trou de serrure ?

Trou de serrure ?

Son esprit galopa. Sid avait parlé de quelque chose, que Mary Shelley avait écrit dans son *Frankenstein* quand elle l'avait revu. Mary Shelley disait que Polidori avait raconté l'histoire d'une femme à tête de crâne regardant par un trou de serrure. Et Sid avait dit que c'était une invention, car Polidori travaillait sur une histoire sur Byron. Alex secoua la tête, regrettant de ne pouvoir parler à Sid avec son casque Bluetooth inutilisable. Trop de coïncidences. Se pouvait-il que *Frankenstein* apporte un indice ?

Alex jeta un œil à sa montre : 23 h 42.

Il devait y aller.

Il vit un plan du campus dans un coin du panneau d'affichage. *L'auditorium du donjon.* Il repéra son emplacement et se dirigea vers l'intérieur du château, suivant le chemin qu'il avait emprunté pour venir.

Alex marcha aussi rapidement qu'il put à travers les couloirs, passa la porte dorée et la cafétéria, et parvint dans un intérieur plus sombre, plus ancien. Le carrelage des bâtiments modernes laissa la place à la pierre brute du château. Il se joignit au flot incessant de vampires se dirigeant tous dans la même direction. Alex atteignit une porte ouverte sur une cage d'escalier circulaire qui desservait de nombreux étages inférieurs. Personne ne prêta attention à lui dans la descente et, au bout d'un moment, il comprit pourquoi. Alors qu'il arrivait à une large entrée que de nombreux vampires empruntaient, il sentit la température s'effondrer.

Il entra en silence dans un auditorium, passa des rangées et des rangées de sièges qui se remplissaient.

Vers le devant, avec des rideaux en toile de fond, une tour de glace s'aplatissait à son sommet en une scène circulaire. De cette scène de glace, s'élevait un monolithe ressemblant à une pierre tombale, lui aussi en glace, sur une hauteur d'environ trois mètres.

Une fenêtre était percée au centre du monolithe, découpée en forme de trou de serrure et encadrée de pierre. Icemaker en personne se tenait devant.

Alex se colla au mur, dans le coin, et tentant de s'y fondre. Les lumières faiblirent.

— Mes enfants, quel est votre but ? fit la voix d'Icemaker.

— Nous cherchons la vie éternelle, répondit la foule.

— Le temps est venu d'entrer dans une nouvelle ère, dit-il. De parler à notre déesse-démon Nemesis et de l'implorer de faire venir notre reine. Tout est prêt.

Il brandit un parchemin. Alex observa l'animal sculpté à son sommet — un renard ?

— Dans quelques minutes, quand débutera ce que les mortels appellent la Fête de Notre-Dame des Douleurs — Icemaker leva les yeux vers l'énorme horloge, qui affichait minuit moins dix minutes —, nous allons l'appeler et faire notre sacrifice.

Il fit des gestes dramatiques vers les rideaux au fond de l'auditorium.

La foule approuva bruyamment.

Minhi et Paul ne se trouvaient pas parmi les prisonniers dans la cafétéria. Ils allaient probablement tenir le premier rôle ici. Cela signifiait qu'ils étaient sans doute déjà dans les coulisses. Alex commença à se déplacer le long du mur.

Chapitre 20

Minhi se réveilla dans le noir et sans aucune idée de l'heure. Durant les premières heures de sa captivité, elle avait lutté, imploré et crié. Puis il y avait eu le… comment le définir ? Cette assemblée préparatoire des damnés ? Et depuis ce moment, elle était restée assise dans sa cage, à attendre et regarder.

Elle pouvait maintenant entendre qu'il y avait beaucoup de monde dans l'auditorium et qu'il était encore en train de parler.

Un grand rideau épais avait été tiré sur tout le fond de la scène de façon à dissimuler Paul et elle, comme si on attendait les applaudissements pour ouvrir les rideaux une fois encore.

Minhi n'acceptait pas son sort. La seule chose qu'elle admettait, c'est qu'elle manquait d'options immédiates. Son sort était loin d'être décidé.

Pendant ce temps, Paul s'était également réveillé et forçait avec son dos sur les barreaux pour ouvrir la cage.

— Tu es encore en train d'essayer ça ? demanda Minhi.

Paul retomba sur le sol de sa cage.

— Il faut que j'essaie *quelque chose.*

— Nous aurons l'occasion de le faire, dit Minhi, mais seulement lorsqu'ils procéderont à un changement.

— Que veux-tu dire, un changement ?

— Écoute ça, dit-elle en indiquant le bruit assourdi de ce qui semblait être une réunion interactive. On ne va pas rester assis là indéfiniment. Ils vont bien finir par nous déplacer.

— Laisse-moi te dire quelque chose : cela ne signifiera rien de bon pour nous.

— Mais, dit-elle, ce sera le moment où il se passera plein de choses. Ils ouvriront les serrures, et tout ça. Ce ne sera pas facile, mais une opportunité se présentera peut-être.

Paul regarda Minhi.

— Alors, comment allons-nous procéder ?

Minhi réfléchit.

— Que savons-nous au sujet des vampires ? dit-elle en osant utiliser le mot qui les mettait tous deux mal à l'aise. Premièrement, ils sont forts, d'une force de super héros.

Elle donnait l'impression d'établir une liste.

— Ils n'aiment pas la lumière du soleil, dit Paul. Dans ces films que Sid regarde, le vampire se fait toujours brûler quand le soleil arrive sur lui.

— Ça, c'est dans les films, dit Minhi. Nous ne savons pas si c'est vrai. Par exemple, dans les films, personne n'a jamais le service d'affichage du numéro entrant, ni un téléphone mobile qui fonctionne. En as-tu un qui fonctionne, d'ailleurs ?

— Pas sur moi. Serais-tu en train de suggérer que les films ne sont pas un guide de survie ? demanda Paul. Mais que vais-je devenir maintenant ?

Minhi eut un sourire en coin.

— Bon, c'est toujours une idée… Si on peut les amener au soleil…

Une voix féminine revêche siffla.

— Cela ne marche que *rarement*.

Minhi leva les yeux avec horreur sur un vampire descendant silencieusement de la charpente vers le sol.

Elle avait des cheveux blonds en brosse et portait une robe blanche qui voletait tandis qu'elle descendait. Elle n'avait pas l'air d'avoir plus de seize ans, mais Minhi savait que les vampires avaient tendance à compter leur âge en décennies, voire en siècles. Le vampire se mit à marcher devant les cages. Sa peau blanche comme un os brillait presque dans la pénombre derrière la scène.

— À quel jeu joue-t-on, les enfants ? Comment tuer un vampire ? Laissez tomber le soleil — les plus âgés peuvent le supporter — et, de toute façon, tu es environ à trois kilomètres sous terre, chérie.

— Qui es-tu ? demanda Minhi.

— Je m'appelle Ellie, dit-elle.

— Et donc, le soleil ne te brûle pas ? demanda Paul avec défi.

Ellie haussa un sourcil et se rapprocha de la cage de Paul, montrant ses crocs.

— Brûler ? Moi ? Je ne te le dirai pas. Pas autant que toi, je parie ; tu es plus blanc que Casper… Mais peut-être n'est-ce que la peur.

– Que veux-tu ? demanda Minhi.

– Je vous surveille, répondit le vampire, jusqu'à ce qu'ils aient besoin de vous.

Ellie prit un moment pour les étudier en silence, puis elle parla à nouveau. L'éclat de convoitise dans les yeux de Ellie laissa supposer qu'elle mourait d'envie de les dévorer elle-même.

Ellie se lécha les lèvres, les regardant alternativement, puis elle dit :

– Jouons à un autre jeu.

Minhi s'accroupit, regardant Ellie qui poursuivit :

– Je suis vraiment curieuse de connaître l'étendue de votre savoir, alors je vais vous poser une question à chacun : *mythe ou réalité.*

– À quel sujet ?

– Les vampires !

Ellie secoua la tête, n'en revenant pas que Paul ait même posé la question.

– Les vampires sont comme les Américains, nous *adorons* parler de nous-mêmes. Mythe ou réalité ?

Paul demanda :

– Que gagne-t-on si on trouve la bonne réponse ?

– Vous vivez, dit-elle d'un ton hargneux.

Minhi sentit ses yeux s'arrondir, mais elle contrôla sa peur.

– Oh, maintenant je sais qu'on est là pour quelque chose de sérieux. Il me semblait que ton chef vampire sans peur voulait se servir de nous pour quelque chose d'autre. Je parie que ses instructions étaient très claires.

Ellie eut l'air pensive.

— C'est dingue, tu sais ; j'ai *tellement* de mal avec les instructions claires.

Elle revint vers la cage de Paul. Paul était assis, les bras croisés, le regard baissé et elle s'accroupit à son niveau.

— Mec, tu es un vrai chef, dit-elle. Tu vaux deux sacrifices pour le prix d'un. Tu es comme un sacrifice extra-large. Mythe ou réalité, grand chef.

Elle se pencha.

— Les vampires savent *voler*.

Paul la fixa des yeux. Minhi se mit à chuchoter quelque chose et Ellie se retourna, levant un ongle noir brillant.

— On ne souffle pas !

Paul jeta un regard autour de lui, puis dit :

— Mensonge.

— Pas mal.

Ellie se leva.

— C'était difficile, alors j'aurais accepté « cela dépend » parce qu'il existe des cas spéciaux.

Elle revint vers la cage de Minhi. Ellie la poussa du bout du doigt à travers les barreaux.

— Hé. Mythe ou réalité ?

— Vas-y.

— Les croix brûlent les vampires.

Minhi ferma les yeux, puis dit :

— Vérité.

— Wouah, dit Ellie. En général, tout le monde se trompe là-dessus de nos jours. Ouais. Les trucs sacrés brûlent incroyablement ; va comprendre.

Elle repartit vers Paul.

— Ce jeu est totalement injuste, cracha Paul.

— Pourquoi ? demanda-t-elle, amusée.

— Parce que nous avons vu tout ça dans des films, et c'est différent d'un film à l'autre.

— Eh bien alors, pourquoi ne vous cantonnez-vous pas à des réponses qui reflètent la *réalité*. Mythe ou réalité : les vampires dorment dans des cercueils.

Minhi regarda Paul réfléchir à la question et se figer. Il recula, ses yeux volant d'un endroit à un autre. Ellie attendit quelques secondes, puis plaça ses mains sur les barreaux, se pencha vers lui, ses longs ongles noirs scintillant dans la pénombre.

— Eh bien ?

— Mensonge.

Ellie tendit le bras et érafla la joue de Paul de son ongle.

— Très bien. Un monticule de terre, oui… mais pas particulièrement un cercueil. Quoique certains des anciens les aiment encore.

Ellie se déplaça vers Minhi.

— Cela me ramène à toi. Mythe ou réalité.

— C'est un nom stupide, dit Minhi. On dirait vérité ou conséquence, comme si tu me demandais de choisir. Je vais prendre un mythe, s'il te plaît.

— Mythe ou réalité, dit Ellie en agitant le doigt. Les vampires peuvent tomber amoureux.

Minhi la fixa des yeux un long moment.

— Réalité.

Ellie fit claquer sa langue.

— Ohh. Non, non. L'obsession, oui, mais pas l'amour. Il est juste inexistant. Ravagé. Pas de pitié, pas d'empathie. Tu serais surprise de voir comme cela ne nous manque pas.

Alors, tel un serpent attaquant, Ellie tendit le bras, ses doigts d'acier attrapèrent Minhi par le cou et la tirèrent vers l'avant de la cage. Minhi griffait le bras blanc d'Ellie et Ellie sifflait tandis que ses ongles commençaient à courir sur le cou de Minhi.

— Permets-moi de te poser une question, fit la voix d'Alex Van Helsing.

Ellie hoqueta et leva les yeux vers la charpente. Minhi se dégagea d'Ellie tandis qu'Alex se laissait tomber sur le sol.

Alex enchaîna :

— As-tu *peint* ces ongles en noir ou est-ce que c'est fourni avec les crocs ?

Icemaker se tenait sur la scène, les rideaux derrière lui, des gardes vampires de chaque côté.

— Vous allez à présent être témoins de l'accomplissement de la destinée, s'écria-t-il et il tendit la main, les yeux sur le trou de serrure.

D'un pouce aiguisé comme une lame de rasoir, il se coupa la main et bientôt une sorte de sang scintillant, son propre sang de chef de clan maudit goutta dans le cercle devant lui, coulant dans les sillons gravés dans la glace.

— Ce sang n'est pas un sang de mortel, dit-il. Ce n'est pas le sang dont vous vous souvenez.

Et il poursuivit :

« Vous connaissez ce que j'ai connu ;

Et sans un pouvoir supérieur, je ne serais pas au milieu de vous :

Mais il est des pouvoirs plus grands encore ;
Je viens les interroger sur ce que je cherche[5]. »

Au bout d'un moment, un murmure réchauffa l'air gelé. Du givre s'éleva et tourbillonna jusqu'à la fenêtre en forme de trou de serrure, tournant autour de la pierre, puis jaillissant. Apparut alors le démon Nemesis elle-même, vêtue de blanc et ailée, une sorte de déesse scintillante aux formes humanoïdes faite de nuages et de glace. À la place de ses yeux, un vide profond.

Le démon dit :

« *Prosterne-toi, ainsi que ton argile condamnée,*
Fils de la Terre ! ou crains le châtiment auquel tu t'exposes[6]. »

Icemaker sourit. Et s'approcha, de toute sa hauteur, devant le cercle. Il regarda le démon dans ses yeux vides et dit :

« *Je le connais, et néanmoins tu vois que je ne fléchis pas le genou*[7]. »

— Ton art a changé, dit Nemesis. Que veux-tu ?

Icemaker regarda les sillons et dit :

— Ceci n'est pas le sang d'un mortel, pas plus que celui d'un humble mort-vivant. C'est celui d'un seigneur, un qui a été teinté par celui des anciens. Je fais un sacrifice pour obtenir ce que je désire.

— Et que désires-tu ? répondit le démon.

— En cet instant précis, qui est celui de la Fête de Notre-Dame des Douleurs, j'aimerais le pouvoir de vie et de mort, dit-il, à commencer par ma bien-aimée, Claire.

---

5. N. d. T. Byron, George Gordon. Manfred, Acte II, scène 4, traduction Benjamin Laroche, Paris, Charpentier, 1837.

6. N. d. T. Ibid.

7. N. d. T. Ibid.

Le vampire forma dans l'air une petite image, un camée de glace et de sang qu'il tenait dans la main : Claire, maîtresse traîtresse, mère d'un enfant qu'il avait pris puis s'était fait prendre, porteur d'un amour qu'il ne ressentait plus si ce n'est en tant qu'obsession.

Icemaker lança le camée de sang et de glace dans les sillons dégoulinants et celui-ci siffla.

— Qu'il en soit ainsi, dit Nemesis.

En coulisses, Alex reconnut le vampire auquel il faisait face. C'était la fille qui l'avait espionné à travers la fenêtre, qui l'avait expédié sur le toit. La carreau étincelant vola dans l'air, égratignant le dessus de l'épaule d'Ellie. Ellie trébucha en arrière.

— Comment savais-tu pour moi ? demanda-t-il en tirant à nouveau.

Cette fléchette percuta son épaule et la fit partir en arrière, la collant contre le mur.

— Toi ? cracha-t-elle. On *attendait* l'un des tiens.

Alex se tourna rapidement vers les cages. Minhi et Paul se reculèrent jusqu'à ce qu'Alex baisse sa capuche, révélant son visage.

Paul éclata soudain de rire.

— Quoi ? demanda Alex.

Paul dit :

— Je suis désolé, c'est juste que, n'es-tu pas un peu petit pour être membre de sections d'assaut ?

Alex protesta.

— Il faut savoir que j'ai des carreaux d'arbalète en argent juste là et…

À ce moment-là, Ellie bondit du mur et se jeta sur lui, le frappant sur le côté.

Il heurta le sol, le souffle coupé. Il lâcha la polyarbalète et l'arme tomba. Alors qu'il atterrissait sur le dos, le vampire lui sauta dessus et l'attrapa par les épaules, roulant la tête en arrière, la bouche ouverte. Ellie découvrit ses crocs. Alex vit tout son corps s'avancer.

Soudain elle fut tirée en arrière. Minhi l'avait attrapée par sa capuche qui pendait derrière son cou. Alex prit l'arbalète. Ce faisant, il remarqua un extincteur et ce dont il avait besoin : une hache.

Le vampire grogna et se tourna vers Minhi. Alex visa et on entendit le bruit sourd de la polyarbalète, alors que deux carreaux d'argent filetés de bois se dirigeaient vers la poitrine d'Ellie, mais elle se tourna et l'un des carreaux vint se ficher profondément dans son épaule, la brûlant et la faisant siffler fort. Ellie grogna et bondit en arrière, attrapant les rideaux. Elle tira brutalement dessus de toutes ses forces. Les anneaux dorés fixés aux chevrons se mirent à s'étirer et à lâcher tandis que les rideaux se balançaient. Ellie disparut dans les combles sombres au-dessus.

Alex courut vers la hache. Il revint, se déplaçant avec rapidité et brisa les serrures des cages, libérant Minhi et Paul. Au moment où leurs pieds touchèrent les planches, ils entendirent un bruit semblable à un grondement de tonnerre.

Les lourds rideaux rouges se balançaient violemment, de plus en plus d'anneaux sautaient en grinçant, puis ils finirent par lâcher, s'écrasant lourdement sur le sol.

Alex, Minhi et Paul se retournèrent et firent face à Icemaker et cinq cents de ses amis les plus proches.

Chapitre 21

L'espace d'un instant, tandis qu'il évaluait ses chances, Alex eut l'impression que la pièce tournait. La hache toujours en mains, il se retourna immédiatement et cria à Minhi et Paul :

— Par là, vers l'arrière.

Ils se mirent tous deux en route, mais ils étaient encore courbaturés et n'allaient pas aussi vite qu'il l'aurait souhaité.

Un sifflement avait envahi la pièce et Alex, regardant derrière lui, vit le grand vampire rugir :

— Toi !

Les vampires sautaient sur la scène, dépassant la tour de glace. Alex fit feu, en touchant un, à une distance de vingt mètres.

— Tu ne sortiras jamais d'ici vivant ! hurla Icemaker.

Alors qu'Alex courait vers l'arrière, passant d'immenses caisses-penderies, à la recherche d'une porte, il entendit Paul à côté de lui :

— Où allons-nous, mec ?

— Je n'en ai aucune idée. J'improvise au fur et à mesure, dit Alex, avant que ses yeux se posent sur une porte. Là.

Paul et Minhi allaient plus vite, poussés par le bruit des jambes de vampires résonnant dans leur dos. La porte en acier était lourde et en poussant la barre d'ouverture, Alex eut une idée.

Une fois dans la pièce, Alex claqua la porte.

— Retiens-la !

Paul appuya de tout son poids sur la porte tandis qu'Alex reculait pour l'examiner. Elle était restée ouverte et était en métal. Il tenait toujours la hache.

— Recule, s'écria Alex.

Paul se poussa et Alex coinça fermement la hache, en bloquant le fer entre la porte et le jambage. Elle agirait comme un butoir, au moins pour un moment.

La pièce dans laquelle ils se trouvaient était clairement dédiée à l'art dramatique. Il vit d'immenses portants pleins de robes et de pourpoints. On trouvait sur la table des épées et des couteaux de costume. Entendant des bruits de pas à la porte, Alex courut vers une énorme penderie en bois et appela Paul et Minhi pour l'aider à la pousser.

Le meuble était ancien et ses roulettes en décomposition, mais ils le poussèrent rapidement devant la porte. Il recouvrait environ un mètre de la porte. Il se mit à branler quand quelque chose cogna sur la porte.

— Y a-t-il une autre porte de sortie ? demanda Alex.

— J'en vois une, dit Minhi.

Il y avait en effet une autre porte à l'arrière de la pièce, à proximité d'une pile de matériel de peinture et de tentures.

La penderie fut à nouveau secouée. Alex vit la hache, toujours coincée dans la porte, trembler.

— Regardez s'ils ont du diluant pour peinture, dit-il. Dépêchez-vous.

Minhi et Paul retournèrent en courant vers les fournitures de peinture et réapparurent avec des bidons de diluant d'environ cinq litres chaque.

— Minhi, trouve un tournevis et ouvre les bidons. Paul, aide-moi à traîner cette penderie dans le sens de la longueur.

Il commença à tirer la penderie de la porte.

Paul s'arrêta.

— Elle ne bloquera plus la porte.

— Quand ils ouvriront la porte, on n'aura qu'une seconde, dit Alex. Elle ne les aurait pas arrêtés de toute façon. Alors, je vais la leur donner.

Ils firent pivoter la penderie de façon à ce qu'elle repose, tel un bélier, sur le sol carrelé, devant la porte.

Minhi avait trouvé un tournevis sur une étagère et tournait rapidement autour du couvercle d'un bidon tandis que les coups et les martèlements redoublaient à la porte.

— Je l'ai, dit-elle en lui tendant un bidon.

L'odeur du diluant attaqua ses narines et les brûla tandis qu'Alex en répandait sur le haut de la penderie et tout autour.

— Attention à ne pas en recevoir sur vous, dit-il.

Pour faire bonne mesure, il en répandit également tout autour de la porte.

Il attrapa alors le manche de la hache.

— Bon, dit Alex. Je vais retirer cette hache et ils vont ouvrir la porte. Et nous allons pousser ceci autant que possible en travers de la porte. Minhi, quand cette porte s'ouvrira, lance les autres bidons ouverts.

Ils opinèrent de concert. Paul examinait le diluant.

— Avons-nous une allumette ?

— Nous n'en avons pas besoin.

Le martèlement augmentait et on entendait les sifflements derrière la porte en métal.

— Allez.

Alex enleva la hache de la porte. Paul et lui poussèrent la penderie de l'épaule au moment où la porte commença à s'ouvrir. Derrière, dans la zone des coulisses, Alex vit des centaines de vampires.

— Minhi, maintenant, dit Alex.

Il vit les autres bidons de diluant voler dans les airs, se répandant en coulisse parmi les vampires. Ils se poussaient les uns les autres vers lui. Paul et Alex poussèrent la penderie de toutes leurs forces, la coinçant dans l'embrasure de la porte.

— Recule, dit Alex en levant la polyarbalète.

Un vampire était en train de passer par-dessus la penderie, prêt à leur bondir dessus. Il visa le cœur et fit feu.

Le vampire s'embrasa au moment où il plantait ses griffes dans la penderie.

La penderie entière s'enflamma et ils virent la robe du vampire suivant prendre feu derrière le premier vampire. Un mur de flammes s'éleva tandis que le diluant sur le sol, les rideaux, les boîtes et les vampires se transformait en fournaise infernale.

— Allons-y, dit Alex et ils coururent vers la porte de derrière tandis que la salle de spectacle commençait elle aussi à prendre feu.

La fumée emplissait l'espace. Ils atteignirent la porte de derrière.

Elle était fermée. Alex arracha la serrure d'un coup de hache et ils débouchèrent dans un couloir, claquant la porte derrière eux.

Des alarmes se déclenchaient de toutes parts, mais le couloir dans lequel ils se trouvaient était vide. Alex se retourna pour regarder la porte donnant sur la salle de spectacle.

— Ce feu pourrait bien ne pas les empêcher de venir par ici ; il faut qu'on bouge.

Ils coururent tous trois dans la direction qu'Alex indiqua jusqu'à un escalier qu'ils montèrent. Ils se dirigèrent vers le couloir suivant, qui formait un demi-tour, et montèrent d'autres marches.

Paul donna une tape sur l'épaule d'Alex alors qu'ils s'arrêtaient devant une porte.

— C'était absolument fantastique.

— Qu'est-ce que tout ceci ? demanda Minhi en désignant la polyarbalète et le pieu. Je croyais t'avoir entendu dire que j'étais une héroïne de film d'action, mais tu es pratiquement un personnage de manga.

Alex rougit et chercha sa respiration.

— Ce qui me manque, ce sont les très, très grands yeux.

Il jeta un œil dans un hall qu'il reconnut. C'était le couloir principal qu'il avait emprunté en sortant de la cafétéria. Comme avant, il y avait des vampires partout, mais avec les sirènes d'alarme, nombre d'entre eux regardaient autour d'eux avec confusion. Certains vampires, provenant de l'armée d'Icemaker, passèrent en courant et disparurent.

— Ils nous cherchent, dit Alex.

Il tira sur sa capuche.

— Mais la plupart d'entre eux ne savent pas ce qu'ils cherchent. Nous allons faire comme si j'étais l'un d'entre eux et que je vous avais déjà trouvés. Nous sortirons par la cafétéria. Ce n'est pas loin.

Alex regarda ses amis et dit :

— Je vais devoir vous attacher.

Paul et Minhi le fixèrent des yeux un instant, mais Alex cherchait déjà en tâtonnant la corde attachée autour de sa tunique rouge. Il la coupa en deux à l'aide du bord tranchant d'un des carreaux de la polyarbalète.

— Donnez vos mains.

— Détends-toi.

Paul tendit ses mains tout en regardant Minhi.

— Je crois savoir ce qu'il a en tête.

Alex serra légèrement les cordes autour de chacun de leurs poignets.

— Ça ne tient pas la route si on regarde attentivement, dit Alex. Alors, espérons que personne ne le fera.

Quelques minutes après, Alex, sa capuche rouge sur la tête, avançait en poussant deux humains devant lui.

— Voyons si j'ai bien compris, dit Minhi alors qu'ils se mettaient en marche. Nous sommes tous deux censés être tes prisonniers.

Alex la poussa du coude.

— Aie juste l'air sombre et abattue. Peut-être êtes-vous déjà affaiblis.

Il leva les yeux vers eux et mit sa main sur la porte.

— On retourne parmi eux à présent. Souvenez-vous que tout le monde — même les vampires, je parie — croit aux situations qui semblent normales. Alors, ayez l'air sûrs de vous.

— *Nous* sommes abattus, dit Paul. *Tu* as l'air sûr de toi.

Alex opina et poussa la porte, avançant tranquillement dans le couloir.

Une fois dans le corridor, Alex se plaça derrière Minhi et Paul, et les escorta comme s'il avait fait ça toute sa vie.

On n'entendait pas d'alarme dans la cafétéria. De nombreux vampires s'y trouvaient encore, en train de déjeuner. Alex se déplaçait régulièrement avec ses prisonniers. La plupart des vampires regardèrent à peine quand il passa.

— C'est la cafétéria, dit-il. Nous allons prendre à gauche, par les portes vitrées de l'autre côté, et sur la pelouse.

Alors qu'ils tournaient dans la cafétéria, Alex vit deux vampires en costume rouge se diriger vers eux. Il se mit à invectiver Paul et Minhi et frappa Paul à l'arrière de la tête.

— Pas d'insolence, espèce de veau! *Un coup.* Le seigneur des ténèbres réclame votre présence.

Ils passèrent les deux vampires, puis d'autres tables encore. Alex frappa Paul à nouveau.

— Hé! murmura Paul.

— Désolé, dit Alex sous sa capuche.

Minhi chuchota :

— Je serais curieuse de savoir où tu as pêché cette idée que les vampires parlent comme Thor, le Dieu du Tonnerre.

— SILENCE, FEMME RÉPUGNANTE.

Minhi semblait sur le point de rigoler quand elle prit conscience des autres prisonniers, les tristes humains dans les cages qui occupaient le mur du fond de la cafétéria.

— Oh mon Dieu.

— Ne t'arrête pas, dit Alex.

Un haut-parleur fit entendre une voix féminine :

VOTRE ATTENTION.

Paul et Minhi se retournèrent vers Alex et il les pressa d'avancer.

— DEUX SACRIFICÉS SE SONT ÉCHAPPÉS AVEC UN HUMAIN. UN REVENANT TRAQUEUR A ÉTÉ LIBÉRÉ. N'INTERFÉREZ PAS DANS SA MISSION.

Alex battit des paupières. *Un revenant quoi ?*

Ils avaient parcouru la moitié de la cafétéria quand ils entendirent un grondement profond, inhumain. Alex se tourna pour regarder dans le couloir par la porte vitrée.

Un craquement métallique déchira l'air tandis que quelque chose dégondait la porte, l'envoyant se fracasser sur les tables.

Au milieu d'une vague de verre et de glace, un chien de la taille d'un cheval fit irruption dans la cafétéria. Il s'arrêta derrière la porte, le regard fixé sur Alex et ses prisonniers.

Non, c'était davantage qu'un chien : ses pattes avant et ses hanches musclées étaient hérissées d'éclats de ce qui semblait être de la glace plutôt que de la fourrure et il avait une tête triangulaire, comme un chow-chow, laissant le maximum de puissance et de place pour les dents. Comme le chien grognait et essayait de mordre, Alex vit des rangées de crocs baveux dans sa gueule.

Les six ou sept vampires présents dans la cafétéria levèrent alors les yeux vers Alex et comprirent qui il était. L'un d'eux, un homme, se mit à courir en direction d'Alex et, tandis qu'Alex tendait la main vers sa polyarbalète, le chien percuta le vampire sur son chemin, le mordant à l'épaule et l'envoyant valdinguer à perte de vue. Les autres vampires se le tinrent pour dit et partirent en courant.

Alex détacha la corde de Paul et Minhi et cria :

— Mettez-vous derrière les tables.

Le chien se dirigea vers Alex en grognant. Il attrapa une table et la mit sur le côté. Les plats et les bouteilles s'écrasèrent au sol alors qu'il tirait sur les pieds de la table, essayant de s'en servir comme d'un bouclier. Le chien se jeta sur la table et fit reculer Alex, mais il resta accroché dessous.

Dans sa vision périphérique — *Dieu merci, j'ai mes verres de contact* — Alex vit Paul et Minhi se diriger vers le mur du fond en verre qui donnait sur la pelouse blanche. Le chien était à cheval sur la table, ses pattes cherchant tout autour, et l'une de ses griffes s'accrocha dans les plis de la tunique d'Alex. Quand le chien tira pour libérer sa griffe, Alex se sentit partir avec et vola.

Il s'écrasa contre le volet roulant en métal de la grande fenêtre faisant office de séparation entre la cuisine de la cafétéria. Le volet se déforma, s'enroulant autour de lui tandis qu'il tombait dans la cuisine.

Alex se remit debout en chancelant, regardant le réfectoire par la fenêtre. De retour parmi les tables, le chien fixa Paul et Minhi une seconde, puis tourna la tête vers Alex. Il se mit à courir.

Alex se retourna et glissa par-dessus une longue table en acier inoxydable, atterrissant à côté d'un four industriel à chaleur tournante. Alors qu'il laissait tomber son arbalète et passait sa tunique par-dessus sa tête pour avoir accès à son sac, il aperçut son reflet dans la porte du four. Dans la vitre, aucun reflet du chien. *La vie dans la vitre serait plus simple.*

Il ramassa la polyarbalète et la tunique, se retourna et repartit en courant vers la table en métal juste au moment où le chien bondissait depuis le fond de la cafétéria par la fenêtre, au milieu de laquelle il resta coincé. Il commença à aboyer fort alors qu'il poussait sur ses pattes arrière pour se dégager, faisant s'effriter et gondoler les carreaux de plâtre et de métal de la fenêtre.

Prenant la tunique dans ses mains, Alex se mit debout sur la table et sauta, atterrissant sur les épaules de la créature. Des brisures de glace traversèrent son caleçon et ses cuisses.

Le revenant traqueur grogna de colère, passa la fenêtre au moment où Alex abattait la tunique sur sa tête. Il enroula la tunique autour et tomba quand le chien se dégagea de la fenêtre. Celui-ci fit une embardée aveugle dans la cuisine, envoyant la table voler.

La tête triangulaire du chien essayait de mordre sous le tissu. Alex vit le vêtement commencer à lâcher, la langue dure et sinueuse de la créature essayant de passer au travers. Alex leva son arbalète et tira une fois dans la poitrine de la créature, mais le carreau s'accrocha à peine tandis que le chien courait en rond dans la cuisine, envoyant valdinguer les ustensiles et les tables. La table de préparation en acier faillit écraser la tête d'Alex.

Alex se laissa tomber dans un coin et fouilla dans son sac. Il avait des couteaux en argent. Il allait devoir se charger de ceci.

Alex attrapa une paire de couteaux et se leva, se dirigeant vers le fond de la cuisine, près du four.

— Ici, dit-il. Ici, le chien.

La tête enveloppée du chien se tourna vers lui et il bondit, se libérant de la tunique. Sa gueule était ouverte et il s'écrasa contre le four dont il fracassa la porte, se coinçant la tête dedans.

Le chien fut un instant prisonnier. Alex se rapprocha alors que la créature se mettait à se démener pour reprendre pied sur la table en acier.

Il n'avait que peu de temps. Il observa les muscles sous les éclats de glace qui formaient sa fourrure. Il enfonça profondément le premier couteau entre les rainures de sa fourrure, dans sa poitrine.

Puis il fit de même avec l'autre couteau.

Le chien hurla et Alex sortit une balle d'eau bénite pour la faire éclater dans la blessure.

Un sifflement et un début de feu prirent sous la peau de glace. Alex ne prit pas le temps de regarder le spectacle. Il sortit en courant de la cuisine au moment où le chien explosait, envoyant des éclats de glace et des flammes à travers la cafétéria.

Alex trouva Minhi et Paul et courut vers eux, ouvrant les portes en verre de la cafétéria. Des bruits de pas venaient du couloir, mais la fumée ne leur permit pas de voir combien il en arrivait.

— Par la pelouse, cria Alex.

Ils coururent à travers l'herbe blanche en direction du mur.

Il y eut un bruit de craquement quand les portes de la cafétéria s'ouvrirent violemment à nouveau. Un grand vampire chauve en rouge surgit, suivi de trois gardes de sécurité. Le vampire chauve pointait du doigt Alex et les prisonniers.

— C'est l'humain, il emmène les sacrifices !

Alex, Minhi et Paul coururent plus vite, Alex en tête.

— Suivez-moi, cria-t-il.

Tout en courant, il sortit la polyarbalète.

Ils fonçaient vers la rangée de véhicules à côté du mur, mais juste au moment où ils s'en approchaient, deux vampires vêtus de rouge bondirent en direction du trio.

Alex attendit que le premier soit pratiquement à sa gorge pour tirer, le toucha en pleine poitrine et le fit partir en fumée. L'autre se dirigea droit sur Minhi, mais Alex vit qu'elle s'était préparée à le recevoir. Alors que la créature fondait sur sa gorge, elle esquiva, le frappa à l'épaule, l'envoyant voler. Paul et Minhi étaient en perpétuel mouvement, mais Alex s'arrêta et visa, touchant le vampire dans le dos — pas assez profond. La créature se retourna et continua à les poursuivre.

— Là, là, ce véhicule, dit Alex en faisant de grands geste du bras tandis que Minhi, Paul et lui couraient vers un VTT[8] de la taille d'un bus scolaire.

Il y avait un chauffeur à l'avant qui les regarda et siffla. Alex leva son arme et tira un carreau d'argent dans la poitrine de la créature. De la poussière et des flammes jaillirent, puis s'évaporèrent.

Alex grimpa dedans, laissant son sac sur le siège passager. En regardant le pare-brise, Alex vit qu'il était lourd et fileté d'une grille en métal brillant. Minhi et Paul s'engouffrèrent et Alex tourna la clé, donnant vie au camion. Minhi s'approcha et se pencha vers le siège du conducteur.

— Tu sais conduire ?

Alex enclencha la marche arrière et commença à reculer. Les vampires toujours derrière eux, Alex saisit une grande poignée renflée et ferma les portes de côté.

— On avait une ferme dans l'Oklahoma pendant un moment ; j'y ai un peu conduit.

— Conduit quoi ?

— Du foin, des bottes de foin, dit Alex en passant la marche avant, faisant une embardée.

Ils avancèrent et Alex se dirigea droit sur les vampires, menés par le grand chauve. L'un d'eux passa sous les roues, le véhicule tangua et fut secoué en roulant sur la créature.

— Paul ! Minhi ! cria Alex, une main sur l'énorme volant.

Ses jambes étaient juste allez longues pour accéder aux pédales.

8. N. d. T. VTT : Véhicule de transport de troupes blindé.

— Quoi ? demanda Paul.

— Regardez ce que nous avons là-dedans, armes, corde, n'importe quoi.

— Alex, dit Minhi.

— Ouais.

— Pourquoi allons-nous vers le château ?

— Nous ne nous dirigeons pas vers le château, rectifia Alex.

Après avoir fait le tour du château, ils fonçaient maintenant le long du mur.

— Nous allons vers la cafétéria.

— Quoi ? cria Paul. Es-tu complètement fou ? Nous venons d'en sortir.

Alex y réfléchit une seconde. Nan, pas fou.

— Je ne vais pas abandonner ces gens.

Des vampires couraient autour du VTT, sautant sur les côtés, mais celui-ci était fait pour ne laisser personne, humain ou démon, entrer dedans. Le VTT monta les marches menant à la cafétéria et y pénétra en se frayant un chemin à travers les portes vitrées, les montures métalliques et même une poignée de vampires dans leur t-shirt volontairement ironique MANGER DE LA VIANDE EST UN CRIME.

À l'intérieur de la cafétéria, Alex donna un brusque coup de volant sur la droite, faisant pivoter le véhicule sur le lino et envoyant valser les tables. Il fit un tête-à-queue et recula.

— Qu'as-tu trouvé là derrière, Paul ? cria Alex.

Paul s'approcha.

— Des matraques en plomb et une hache.

Il tenait une paire de matraques de policier, de couleur rouge, et une hache d'incendie.

– Pas de pistolets ?

– Je pense que ces types préfèrent des bagarres en corps à corps et individuelles.

Alex appuya sur le frein quand le véhicule fut près des cages suspendues au fond de la cafétéria.

– Bon, ouverture de la porte arrière, dit-il en actionnant un interrupteur sur le tableau de bord.

L'arrière du véhicule se mit à rouler comme une porte de garage avec un grondement métallique.

Alex prit la hache et tendit sa polyarbalète à Minhi.

– Il doit rester six coups.

Il y eut un fort grognement et Alex regarda devant. À l'avant du véhicule, des vampires escaladaient le capot, en direction du pare-brise.

– Comment les empêcher de passer par le pare-brise ? demanda Alex à voix haute en examinant le tableau de bord.

Réfléchis.

C'étaient des vampires. S'ils voyageaient dans ces camions, ils ne pouvaient avoir de grands pare-brise vitrés ; le soleil aurait pu les brûler vifs. À moins qu'ils gardent ces véhicules à l'intérieur toute la journée. Il pariait que les vampires étaient mieux organisés que ça.

Alex lança un regard circulaire sur ses manettes et trouva un interrupteur indiquant PARE-SOLEIL. Il l'enfonça et tout à coup de fines lamelles métalliques avancèrent sur le pare-brise, sectionnant aux articulations deux des doigts du vampire chauve. Celui-ci hurla de douleur.

Une image apparut, projetée sur le pare-brise, reflétant l'extérieur. On n'y voyait évidemment aucun vampire puisque les vampires n'étaient pas visibles à la caméra. Mais au moins Alex pouvait voir la pièce.

— Allons chercher ces autres prisonniers, dit-il en sortant précipitamment par l'arrière du VTT.

Alex sauta de la porte arrière, heurtant un vampire qui apparut juste devant lui et lui donna un coup de hache sur la tête. La créature s'écroula, assommée. Alex arriva à la première cage et brisa la serrure.

Quelques prisonniers se mettaient debout avec difficulté, nerveux, impatients. Après avoir ouvert la première cage, Paul se tourna vers Minhi et Paul :

— Bougez-vous, aidez-les à entrer.

La première prisonnière, la femme, avait à peine assez de force pour se lever, mais Paul et Minhi mirent leurs bras sous ses épaules et la hissèrent dans le véhicule.

Il y avait sept cages en tout et Alex faisait vite. Même avec l'aide de Minhi et Paul, il devait tantôt abattre une serrure, tantôt taillader les vampires qui se rassemblaient autour d'eux.

Paul donna un coup sur la tête de l'un des vampires à l'aide de la matraque et celui-ci s'écroula, mais il se releva rapidement. Alex vint à bout de la dernière serrure et sortit le dernier prisonnier, un homme dans la trentaine. Poussant l'homme à l'arrière du VTT, Alex vit Minhi frapper un vampire au visage d'un coup de pied, puis armer la polyarbalète et faire un trou dans sa poitrine à l'aide d'un carreau d'argent. Il se désintégra en un éclair.

Alex s'aperçut qu'ils étaient encerclés. Des grondements arrivaient de tous côtés.

Une main blanche comme un os l'attrapa par l'épaule. Il entendit un rire et se retourna pour voir un vampire montrer ses crocs. Le cœur d'Alex eut un raté. C'était encore le vampire aux cheveux jaunes. Son épaule déjà guérie, elle voulait en découdre.

— Nous n'avons pas fini, dit-elle.

Alex abattit sa hache sur elle mais elle l'esquiva… et bondit sur sa gorge.

Il y eut une explosion et tout à coup son cou et un côté de son visage prirent feu. La femelle poussa un grognement de douleur et s'écroula tandis que d'autres vampires tombaient du véhicule, la peau brûlée.

— Qu'est-ce que c'était que ce truc ? dit Alex.

Paul brandit une balle en verre d'eau bénite. Il devait l'avoir trouvée dans le sac à dos.

— On dirait des grenades anti-vampires.

— Allons-y, cria Alex en grimpant dans le VTT.

Il avait perdu la trace du vampire aux cheveux jaunes. Il manœuvra l'interrupteur pour fermer la porte et ils étaient déjà en route quand la porte arrière descendit. Minhi donna un coup de hache sur la tête d'un vampire qui essayait de passer en dessous. La créature tomba.

Le VTT tangua et sauta quand Alex le fit passer par le trou qu'il avait créé et ils foncèrent sur l'herbe blanche.

— Tout le monde va bien ? demanda Alex en jetant un œil derrière.

Minhi et Paul allaient toujours bien, mais concernant les autres prisonniers, il n'avait aucune idée de l'aide qu'il fallait leur apporter. Cela viendrait plus tard, de mains plus expertes.

Il serra les dents tandis que le VTT roulait sur un couple de vampires qui essayait de sauter sur le capot.

Soudain, le VTT partit en glissade sur la gauche. Alex jura et tourna le volant. Un son puissant venant de dehors se fit entendre et il regarda autour de lui. Ils avaient parcouru environ la moitié de la cour.

— Qu'est-ce que c'était ?

Paul tapota l'écran sur le pare-brise.

— Il est en train de geler la route.

De la glace.

— C'est l'un de ses camions, Paul. Ils doivent avoir des chaînes.

— Quoi ?

— Des chaînes, des chaînes automatiques. Si ces gars voyagent avec Icemaker, ils doivent être équipés pour conduire quand tout est gelé.

Alex examina le tableau de bord et repéra un interrupteur indiquant CHAÎNES VERGLAS, qu'il actionna. Droit devant, en direction de la porte en fer, il pouvait voir s'élever des couches de glace et des bâtiments en neige sur le sol. Tout à coup, le VTT bondit légèrement en regagnant de l'adhérence.

Des coups répétés se faisaient entendre contre la carrosserie et Alex prit la direction de la porte fermée.

— Ils nous encerclent, dit-il posément.

Il regarda en arrière, examinant le toit du camion.

— Paul... Attrape le sac dans lequel tu as trouvé les balles en verre.

— Oui ? dit Paul, attentif.

— Prends une cartouche pour l'arbalète et recharge-la.

Paul farfouilla dans le sac et trouva les cartouches. Il lui fallut un moment pour éjecter la précédente et mettre celle-ci en place. Il regarda à nouveau dans le sac et brandit un petit appareil de la taille d'un bipeur. Une lumière rouge clignotait et faisait un bip à peine audible.

— Hé, ce truc sonne, Alex, est-ce une bombe ?

Alex y jeta un coup d'œil et secoua la tête.

— Je n'en ai aucune idée, laisse-le, dit Alex. Cherche la trappe de secours dans le toit.

Paul leva les yeux et trouva une sorte d'échelle de secours accrochée au toit.

— Trouvé.

— Descends-la, ouvre la trappe, sors ta tête et tue quelques vampires. Sois prudent ; tu n'as que douze coups.

— Tu plaisantes.

— Paul !

— Compris.

Paul sauta de son siège, attrapa l'échelle attachée au plafond par une charnière et la fit descendre.

À l'arrière, les autres prisonniers regardaient avec incrédulité Paul grimper à l'échelle. Il tourna une poignée sur le toit du véhicule et rabattit un grand couvercle métallique, laissant sortir sa tête, son bras et la polyarbalète.

Paul crachait des carreaux tandis que la porte de la Scholomance avec son S en fer se rapprochait à toute vitesse. Ils heurtèrent violemment la porte, écrasant la grille et ils furent finalement sur la longue route qui montait.

Paul jurait et tirait pendant qu'Alex conduisait, pied au plancher. Ils entendirent tout à coup un boum et l'image disparut de l'écran. Quelque chose devait avoir touché la caméra.

Alex enleva le pare-soleil et la protection de métal se rétracta.

Il y avait des vampires plein le capot.

Ils étaient en train de déchirer le pare-brise, montrant les crocs tandis que leurs doigts réussissaient à faire des trous dans le plexiglas. Ils tiraient sur la grille de métal même si leurs doigts s'y brûlaient. Le métal devait être de l'argent, se dit Alex. Pour arrêter les vampires rivaux. Alex ne voyait pas du tout la route ; il racla le mur en conduisant à l'aveugle et il entendit Paul crier :

– NE TE PLANTE PAS !

– Peux-tu virer ces types du capot ?

Paul se mit aussitôt à tirer sur les vampires et au moins deux d'entre eux partirent en flammes et en cendres, mais il y en avait d'autres encore.

Tout à coup, une terrible pensée vint à l'esprit d'Alex. Ils ne pouvaient pas sortir du tunnel, ou en tout cas, il ne savait pas comment. Ils pouvaient atteindre le bout et s'écraser contre le mur, entourés de vampires. Ils les mettraient en pièces avant d'avoir pu ouvrir la porte magique. Comment allaient-ils parvenir à sortir ? Quand il l'avait touchée de son poing, elle était apparue solide.

Ils étaient maintenant parvenus au dernier palier. Les vampires sautaient tout autour d'eux, arrivant de tous côtés. Alex essaya d'ignorer les vampires sur le capot, regardant par-dessus leurs épaules. Il put voir le bout du tunnel.

— Paul, rentre!

Il n'avait pas le choix.

— Tenez-vous bien!

Alex enfonça l'accélérateur et lança le VTT en direction de la fin du tunnel et du clair de lune qu'il pouvait apercevoir à travers le mur invisible.

Il leva les yeux alors que l'extrémité du tunnel approchait à toute vitesse. Là-bas, de l'autre côté du mur scintillant, Alex vit de grands jets d'eau voler.

Quelqu'un était en train de répandre des litres d'eau bénite.

D'un seul coup, l'ouverture se déclencha.

Et, au-delà, Alex vit ce qui semblait être un épais treillis en fer, s'étendant en travers de la surface du lac depuis la rive, étincelant dans la nuit.

Le véhicule valdingua contre le mur d'eau avec les vampires toujours accrochés au capot. Alex ferma les yeux, attendant l'impact du VTT tombant dans le lac. Il les rouvrit avec stupéfaction en sentant les roues accrocher au sol — ou sur quelque chose de solide en tout cas.

— Qu'est-ce que c'est? s'écria Paul.

Ils avançaient sur une *route* que quelqu'un avait posée depuis le bout du tunnel jusqu'à la terre ferme.

— C'est un pont, cria Alex.

Il n'y croyait pas. Mais il *roulait* dessus! Alex regarda la route en fer qui avait été déroulée en travers de l'eau; en fait, elle flottait sur des centaines de pontons en aluminium chatoyants. Puis il eut un autre choc : la vue d'un hélicoptère Black Hawk qui survolait la rive, attendant pour protéger leur sortie.

Alex roula juste en dessous du Black Hawk, si proche que le VTT faillit toucher le ventre de l'hélico en passant.

Levant les yeux, Alex ne vit personne d'autre que Sangster sourire brièvement depuis sa place à la porte du Black Hawk, à côté d'une Minigun M134 à six coups dans le style de la mitrailleuse Gatling.

Alex entendit la voix de Sangster retentir dans l'intercom.

— Je me charge de ça, petit. Occupe-toi d'arriver à la route.

En passant en dessous, Sangster actionna la Minigun et arracha la tête des vampires rampant sur le véhicule. Alex poursuivait son chemin, sur la rive et à travers les vignes. Dans le rétroviseur, il vit l'hélicoptère rôder par là, tandis que Sangster tirait des centaines de rafales de balles en bois et argent, jusqu'à ce que l'entrée de Scholomance se referme et disparaisse une fois encore.

Chapitre 22

— Comment saviez-vous que j'arrivais ? demanda Alex à Sangster qui l'escortait dans les profondeurs de la Ferme.

Les événements de l'aube n'avaient été qu'une image floue. Les collègues de Sangster au Polidorium, bien que mécontents qu'Alex se soit engagé seul dans une mission qu'ils n'avaient jamais soutenue avec enthousiasme, prirent soin des prisonniers, qu'ils traitèrent avec délicatesse. Le Polidorium allait les aider à récupérer physiquement et mentalement avant de les remettre à la police suisse pour les retrouvailles avec leurs familles.

On avait dit à Paul et Minhi : *Vous ignorez qui vous a sauvés. Il n'y a personne ici que vous reconnaissez. Vous n'avez jamais vu le visage des terroristes.*

Ils étaient à présent de retour dans leur école. Il y avait des directrices à calmer et des parents à appeler. Alex lui-même aurait dû être épuisé, mais il était encore sous adrénaline. Il savait qu'il allait bientôt s'écrouler.

— Il y avait un mouchard dans le paquetage. Au moment où tu es arrivé dans le tunnel, on savait que tu étais sur le chemin de la sortie et que tu arrivais vite, trop vite pour être à pied, dit Sangster.

Sangster boitait encore, mais pas tant que ça, et il avait abandonné sa canne.

— Vous êtes presque guéri, dit Alex, incrédule, tandis qu'ils franchissaient la porte et arpentaient les couloirs en moquette du quartier général du Polidorium.

— C'était une entorse.

Alex pouffa :

— Une petite fracture… Comment est-ce possible ?

Sangster s'arrêta et Alex fit de même.

— Il y a longtemps, le Polidorium m'a laissé le choix. C'est un choix que tu feras peut-être un jour. Mais pas tout de suite.

— Dieu du ciel ! Êtes-vous un vampire ?

Sangster fit de gros yeux.

— Le seul bon vampire dans un monde maléfique ?

— Cela pourrait être plausible.

— Laisse-moi te dire quelque chose.

Sangster se retourna pour regarder Alex dans les yeux.

— Il n'existe pas de bon vampire, en tout cas, je n'en ai jamais rencontré. Icemaker est peut-être sous l'emprise d'une obsession, mais il n'a jamais été particulièrement sympathique avant ça. Cela ne fonctionne simplement pas ainsi. Quoi qu'ait pu être cette personne, elle est pervertie par la malédiction et il ne demeure aucune empathie, aucun sentiment, aucun amour, dans le sens où nous les connaissons. N'oublie jamais ça.

— Vous êtes donc en train de dire que vous n'êtes pas un vampire.

— Nous avons du travail…

— Et un *dhampire* ? Comme dans *Vampire Hunter D* ? demanda Alex en se remémorant les BD de Sid.

— *Vampire Hunter*… Un *demi*-vampire ?

Sangster haussa un sourcil.

— Je ne sais pas par où commencer. Mais je dirai ceci : les morts ne se reproduisent pas. En tout cas, pas de cette façon, dit Sangster.

— Mais ils se déplacent rapidement.

— Ils se déplacent rapidement, approuva Sangster.

— Vous n'allez pas me dire pourquoi vous guérissez plus vite que la normale.

— Non, pas pour le moment.

— Bon, alors, qu'est-ce que c'est que ça ? demanda Alex.

Sangster ouvrit la porte de la salle de conférence et Alex vit Carerras et Armstrong qui les attendaient.

— C'est un compte rendu.

— Alors, tu les as récupérés, dit Carerras d'un ton égal.

Alex n'aurait su dire s'il était impressionné.

— Quel était le plan d'Icemaker ?

— Il allait faire un sacrifice, dit Alex posément. Il voulait faire venir une certaine Claire.

Sangster baissa les yeux.

— Il doit s'agir de Claire Clairmont, une femme qui correspondait bien à Icemaker dans la vie sur le plan de la sournoiserie. Mais je ne pensais pas qu'il en était à ce point obsédé. Si vous m'aviez demandé quelle était la femme qu'il avait le plus méprisée dans sa vie, j'aurais répondu Claire. Mais là encore, si vous m'aviez demandé laquelle était susceptible de le hanter, la réponse aurait probablement été la même.

Armstrong haussa les épaules.

— C'est ainsi.

Sangster reposa son regard sur Alex.

— Comment allait-il procéder ?

— Il y avait un rituel, dit Alex en s'asseyant.

Une tasse de chocolat chaud l'attendait. *Incroyable.*

— Devant un trou de serrure géant, comme dans l'histoire de Polidori dans *Frankenstein*. Au cours de la Fête de Notre-Dame des Douleurs. Icemaker avait un parchemin, avec le sceptre d'un animal à son sommet. Il a dit que c'était celui-ci qui lui avait tout expliqué.

— Aha, dit Armstrong.

Elle appuya sur des touches dans la table et afficha une image à l'écran.

— Comme ceci ?

Le parchemin qu'Alex avait vu dans les mains d'Icemaker tournait lentement en une image 3D.

— Oui.

Elle opina.

— Oui. Le parchemin de Hermanubis. Il était sur le *Wayfarer*, le navire qu'Icemaker a coulé.

Carerras se pencha en avant.

— Polidori a donc trouvé le parchemin que cherchait Icemaker et l'a caché car, d'une façon ou d'une autre, il a appris qu'Icemaker voulait s'en servir pour faire se lever les morts.

— Je crois que nous nous sommes trompés au sujet de *Frankenstein,* dit Sangster pensivement. Je pense que Polidori a fait mettre à Mary Shelley une référence au plan d'Icemaker sous la forme d'une histoire de trou de serrure quand elle a revu son *Frankenstein,* juste au cas où on en aurait perdu toute trace. Et, au cours des ans, nous *avons perdu* les autres allusions.

— En tout cas, Icemaker était furieux qu'on interrompe sa cérémonie, dit Alex. Il a essayé d'amener son démon à lui accorder cette faveur, faire se lever les morts. Nemesis. Mais j'ai volé les sacrifices.

— Hmmm, dit Carerras en croisant les bras. Alors je suppose que c'est fini. Les rituels réclament un moment précis. S'il était censé le faire lors de la Fête de Notre-Dame des Douleurs, il a raté l'opportunité.

— C'en est fini pour le moment, reconnut Sangster.

Alex sirotait le chocolat chaud. Il était affamé.

— Bon, y a-t-il autre chose ?

— Il y en a plein, dit Sangster. Tu es le premier agent à être entré et sorti vivant de cet endroit en près de cinquante ans.

Le cœur d'Alex flancha. Il était fatigué. Il ne voulait pas passer encore six heures à décrire ce calvaire.

Il remarqua alors comment Sangster l'avait appelé. Un *agent.*

— Mais pas maintenant, dit Sangster. Rentre chez toi. C'est fait. On aura les détails plus tard.

— Hermanubis, hein ?

Tôt dans la soirée du lendemain, Sid faisait les cent pas dans la chambre des trois garçons tout en examinant une montagne de livres.

Alex s'était écroulé et avait dormi pendant sept heures environ. Paul était revenu à l'école dans une limousine envoyée par l'académie à l'hôpital, où il avait été accueilli par des félicitations et des applaudissements de la part de ses camarades – même Merrill & Merrill –, tous soulagés de le voir revenir de son « enlèvement par des terroristes ». Fidèle à sa parole, Paul s'en était tenu à cette version. Jusqu'à ce que Sid, Alex et lui retournent dans leur chambre où ils avaient tout raconté à Sid, depuis le vampire dans les bois jusqu'au tunnel pour sortir de Scholomance.

– Ouais, ils l'ont appelé le parchemin d'Hermanubis, dit Alex.

– C'est logique, dit Sid. Hermanubis était un Dieu égyptien qui pouvait se déplacer du monde des vivants au monde des morts.

Plutôt que d'avoir l'air heureux que tout se soit terminé de façon épatante – ainsi que le pensait Alex –, Sid semblait plus mal à l'aise que jamais.

– Qu'y a-t-il ? insista Alex.

Sid poussa un soupir et fixa des yeux le bureau où il avait jeté tous les livres qu'il avait pu trouver sur Icemaker, ses poèmes, l'été hanté, et tout le reste.

– Je ne sais pas, dit-il. Tout, dans le *Frankenstein* de Mary Shelley, dans son introduction, tout a une signification. La femme à tête de crâne. Le trou de serrure. Ce sont des indices. La femme à tête de crâne, c'est Claire, qu'Icemaker voulait réveiller. Le démon dont il avait besoin pour l'aider est sorti par le trou de serrure.

– En effet, dit Alex.

– Ce qui est logique. Mais nous avons un problème.

Paul s'assit sur son lit, sur lequel il était étendu.

— Quoi ?

— Si chaque indice a une signification, alors *tout* a une signification.

— D'accord…

Sid ouvrit son exemplaire de *Frankenstein* et le feuilleta jusqu'à l'introduction de 1831.

— Alors, qu'en est-il du Tombeau des Capulet ?

— Je ne te suis pas.

Alex frotta ses yeux de ses paumes, ayant tout à coup l'envie de le suivre moins encore.

Sid, le livre à la main, lut :

— Le Tombeau des Capulets. Mary Shelley dit qu'après avoir commencé à écrire l'histoire de la femme à la tête de crâne, *il* — Polidori — *ne sut que faire d'elle et fut obligé de la dépêcher au tombeau des Capulets, le seul endroit pour lequel elle était faite.*

— Donc ?

Sid prit un autre livre, celui-ci sur le groupe de la Villa Diodati en 1816.

— À Scholomance, tu as vu Icemaker s'agenouiller devant une fenêtre en trou de serrure ; c'est par là qu'est apparue Nemesis. Mais… c'était un château, pas un tombeau. Il n'y avait donc pas de tombeau des Capulets. Et… là — il prit un autre livre dont il tourna les pages un moment —, il y avait des œuvres d'art en 1816, dans la villa qu'Icemaker avait louée. La Villa Diodati. Il y avait une peinture de la mort de Roméo et Juliette.

— *Le Tombeau des Capulet*, répéta Paul.

— Icemaker, dit Sid, quand il était Byron, a écrit un poème parlant d'aller vers Nemesis. Il en ressortait qu'il était un être supérieur, se suffisant à lui-même. Il ne fait aucun doute qu'il avait besoin de la cérémonie et que le parchemin en était la clé. Mais je ne pense pas que les prisonniers — le sacrifice — étaient nécessaires.

— Que veux-tu dire par nous n'étions pas nécessaires ? demanda Paul.

— C'est…

Sid se leva, fit les cent pas. Il regarda Alex.

— Écoute, je déteste devoir te dire ça, mais les vampires ne sont pas idiots. Il vous a joué un *tour*. Il savait que vous le surveilliez. Quand le Polidorium a-t-il commencé à pister Icemaker ?

— Au moment où il a commencé à se diriger vers l'Italie. Il voyage avec une armée, alors le Polidorium ne pouvait pas le manquer.

— Absolument ! Quand tu es Icemaker, tu *sais* que tu es surveillé. Il fallait qu'il se rende au lac Léman parce que la Scholomance était l'endroit où il devait faire son rituel, mais il savait que la pression monterait à partir du moment où la caravane se mettrait en route. Les gentils voudraient l'arrêter et faire obstacle à ses projets, quels qu'ils soient. Alors, il vous a tous mis dans le bain : il a enlevé des prisonniers pour que vous puissiez les sauver et penser que vous l'aviez interrompu. Ainsi, vous repartiriez satisfaits. Mais vous n'avez rien empêché du tout. Vous lui avez laissé le temps de finir.

— Que veux-tu dire, de finir ? demanda Alex.

— Un vampire se lève de la tombe totalement formé, dit Sid. Mais faire se lever un humain mort, qui n'est qu'os et poussière, en un nouvel être, cela prend du temps, sans doute une journée, et de la place. Tout a commencé à minuit le jour de la Fête de Notre-Dame des Douleurs. Ce n'est pas fini. Claire *se lèvera* au *Tombeau des Capulet,* la peinture. Tu saisis ?

– Je saisis quoi ? demanda Alex.

– Claire va se lever à la Villa Diodati, dit Sid. Elle est sans doute en train de le faire *en ce moment.*

Chapitre 23

Une pluie battante se mit à tomber tandis qu'Alex fonçait sur la route, le bruit de la Ninja gris acier lui parvenant comme un lointain grondement à l'intérieur de son casque. Il parla à nouveau dans le micro en se dirigeant vers le nord et la Villa Diodati.

– Sangster, ici Alex. Sangster !

Il jura en entendant la boîte vocale. Bien sûr, parce que le travail était terminé. Des éclairs commencèrent à zébrer le ciel.

Alex laissa la Ninja contre un arbre dans les vignes et s'arrêta pour sortir tout ce qu'il pouvait prendre de la sacoche de selle. Il trouva la polyarbalète et ce qui semblait être un protège-poignet garni de couteaux en argent. Il serpenta vers une fenêtre du sous-sol qu'il ouvrit en la forçant avec précaution.

Quand Alex se baissa pour jeter un œil par la fenêtre, il y eut un moment où, avec la pluie qui dégringolait sur son épaule, il douta de son but. Mais cela ne dura qu'un moment. *Va jusqu'au bout.* Il sentit que ceci était sa vocation aussi sûrement qu'il sentait qu'il y avait une bonne raison pour qu'il finisse là. Sangster avait dit que son père ignorait totalement que le Polidorium se trouvait à

Genève. C'était donc le destin qui l'avait mené ici. Son nom même l'avait conduit là.

Les pieds d'Alex touchèrent le sol et il laissa ses yeux s'accommoder à la faible lumière qui passait par la fenêtre. Son cœur s'accéléra quand il vit un grand individu qui avait l'air d'un râteau. Il s'accroupit et réalisa qu'il ressemblait à un râteau parce que c'était, en fait, un râteau.

Garde tes facultés pour les véritables monstres, Alex.

Ce sous-sol faisait le tour de l'arrière de la maison, et au bout d'un moment, il se rendit compte qu'il servait à l'origine à ranger le matériel de jardin. Dans le coin, il vit une brouette, de grands sacs de compost, différentes pelles et râteaux et autres outils.

Alex sortit de cette pièce dans un couloir, où pratiquement aucune lumière ne filtrait.

À l'autre bout du couloir, Alex vit une vague lumière rouge briller, projetant d'étranges ombres sur le sol sombre.

Au loin, il entendit une voix douce et profonde :

« *Mais d'abord, envoyée sur la terre comme un vampire,*

Ton cadavre sera arraché de sa tombe. »

Alex se dirigea vers le bout du couloir et s'arrêta, regardant lentement dans le coin. Ce couloir était large et à son extrémité était accrochée une peinture.

Elle couvrait tout le mur : Roméo et Juliette, dans les bras l'un de l'autre devant la porte du Tombeau des Capulet, des lys éparpillés à leurs pieds. Et la porte donnant sur le tombeau était une porte réelle. On pouvait voir, sous la porte, l'étrange lumière rouge qui éclairait le couloir.

La voix mélodieuse poursuivit :

« Alors tu hanteras comme un fantôme ton lieu natal

Et tu suceras le sang de toute ta race[9]*.* »

Fixant la porte des yeux, Alex sentit toutes ses certitudes s'envoler. Le bourdonnement chuchotant dans son esprit et l'odeur de décomposition le frappèrent de plein fouet. Il ne fut plus sûr de rien et battit en retraite, le dos collé au mur. Il se mit à haleter et n'arrivait plus à respirer.

Le monde ne peut pas ralentir, mais ton esprit le peut. Pose-toi les questions.

Que se passe-t-il ?

Il se passe quelque chose de l'autre côté de cette porte. Quelque chose d'abominable.

Qu'as-tu ?

J'ai moi, mon arbalète et ma lucidité.

Peux-tu faire demi-tour ?

Oui.

Veux-tu faire demi-tour ?

Absolument pas.

En avant. Alex parcourut rapidement la distance qui le séparait de la porte au faux tombeau et s'aperçut qu'elle ne possédait pas de poignée, mais se poussait, comme une porte de cuisine.

Il appuya son épaule contre la porte et l'ouvrit, se protégeant de l'odeur pestilentielle. À l'intérieur, contre le mur le plus éloigné, il vit deux individus absorbés dans un acte d'une étrange horreur.

Dans un cercle de sang étincelant de sa propre force vampirique, un individu s'agenouilla au sol, se pencha et

---

9. N. d. T. Byron, George Gordon. *Le Giaour, dans Oeuvres complètes de Lord Byron*, tome premier, nouvelle traduction par M. Paulin Paris, Paris, Dondey-Dupré père et fils, impr.-libr., éditeurs, 1830.

but dans ce qu'Alex prit tout d'abord pour une mangeoire à oiseaux du fait que c'était une timbale très large et profonde. L'individu portait un suaire et un voile. Son visage, à l'intérieur du voile, n'avait ni yeux ni peau – *à tête de crâne,* pensa Alex –, il était plongé dans le sang et buvait.

Le second individu était grand, avec des sabots de glace, vêtu de rouge, ses longs cheveux à présent tirés en arrière, la main posée sur l'épaule voilée de la femme. *Icemaker.* La pose du vampire et de la femme à tête de crâne évoqua à Alex un enfant obligeant un chaton à prendre une soucoupe de lait.

– Mon sang, mon corps, murmura le chef de clan. Accepte-le, ma bien-aimée, O Claire, accepte-le et rejoins-moi.

Tremblant, Alex leva la polyarbalète et l'arma, attirant l'attention d'Icemaker.

Claire, la nouvelle levée, leva les yeux. Son visage de crâne, assombri par le voile transparent, dégoulinait du sang scintillant d'Icemaker. Alex tira un carreau et toucha le squelette au sternum, le faisant tomber en arrière.

Icemaker regarda avec horreur le squelette à terre et se tourna vers Alex en montrant ses crocs. Alex fit feu à nouveau et Icemaker tendit sa main. Un courant d'air aussi froid et dur qu'un marteau frappa le bras d'Alex, jetant l'arme de côté.

Le maître, d'un seul mouvement fluide, fut sur Alex, l'attrapant comme un chiot. Alex sentit sa peau tirer tandis que les griffes du vampire se plantaient derrière son cou, le traînant sur le sol.

— Tu crois que c'est ta destinée, n'est-ce pas ? dit l'aristocrate à Alex, qui luttait contre sa prise de fer.

La peau du cou d'Alex hurlait de douleur.

— Que tu es sur Terre pour me contrarier ?

Sa voix avait ce son étrange de rudesse, de glace et d'eau.

Alex inspira, puis réussit à articuler :

— Vous vous êtes contrarié vous-même, vous vous êtes damné.

— Si je me suis damné tout seul, alors Dieu n'a pas besoin de guerriers comme *toi*, répliqua le vampire.

Il s'arrêta, tenant Alex quelques centimètres au-dessus du sol.

— S'Il règne sur les Cieux, alors, les souffrances causées par mes semblables ne devraient pas le concerner.

— Et pourtant, dit Alex en tentant de hausser les épaules, voilà où nous en sommes.

Le vampire allait le tuer. *Réfléchis. Qu'as-tu ?*

Icemaker approcha Alex tout près de lui et parla. Pas un souffle ne sortit quand il dit d'une voix grinçante :

— Vous ne comprenez pas. Polidori n'a pas compris. Aucun Van Helsing ne pourra comprendre. Cette terre, aussi froide et désolée soit-elle, *nous* appartient. Viens, et tu seras récompensé dans *l'autre* monde.

Icemaker tira Alex vers le squelette transparent qu'il venait de réveiller, étendu par terre, les yeux vides.

Icemaker souleva Alex et tendit un pouce en lame de rasoir.

— Ma compagne a besoin de sang supplémentaire, murmura-t-il.

Qu'as-tu ?

Je n'ai absolument rien.

Alex sentit le pouce entrer en contact avec son cou et s'y enfoncer. Il commençait à crier quand, tout à coup, Icemaker lui-même siffla de douleur alors qu'un grappin s'accrocha à sa main et qu'il le tira en arrière.

Alex tomba au sol à côté du squelette et renversa l'immense gobelet plein de sang byronien. Icemaker hurla sans dire un mot et leva les yeux vers l'endroit d'où était venu le grappin.

Paul était à une fenêtre du sous-sol. Il avait tiré un coup du pistolet à grappin et maintenant il tirait sur la corde de toutes ses forces. Sid, derrière lui, fit signe à Alex de les rejoindre.

— Alex ! Vas-y !

Alex était trempé, écœuré par la puissante odeur douceâtre du sang scintillant et froid du seigneur qui montait vers lui tout en imprégnant son pantalon et sa chemise. Il franchit en courant la porte au tableau, déboucha dans le couloir sombre et trouva l'escalier qui menait au salon principal de la villa.

Alex entendit un hélicoptère dehors, sur la pelouse. Ils avaient eu son message.

Quand il arriva en haut, Alex heurta Sangster qui arrivait en courant de l'entrée principale. Derrière Sangster, Alex vit l'agent Armstrong, dans l'embrasure de la porte, en train de fixer en hâte une sorte de cuve métallique au jambage de la porte à l'aide d'une perceuse.

— Icemaker est en bas ! cria Alex à Sangster qui hocha la tête pour signaler qu'il le savait. Il n'avait pas besoin du sang des prisonniers finalement ; son sang lui suffisait. C'était assez comme sacrifice pour Nemesis et pour le réveil. Mais il n'a pas fini. Elle est juste *une femme à tête de crâne !*

Sangster lui indiqua l'extérieur du doigt. Alex se dirigea vers la porte, derrière Armstrong et sa perceuse, et s'aperçut qu'il n'y avait pas une seule cuve, mais plusieurs, situées tout autour de l'entrée. Armstrong lui indiqua de continuer à bouger, ce qu'il fit, vers la pelouse où stationnait un Black Hawk du Polidorium.

Alex en fit le tour en courant pour rejoindre Sid et Paul, en retrait de la fenêtre donnant sur le sous-sol, tandis que des agents du Polidorium étaient rassemblés autour de l'ouverture pour empêcher Icemaker d'en sortir.

— Vous m'avez suivi ? demanda Alex, encore sous le choc.

— Bien sûr, dit Paul.

— Où as-tu trouvé un pistolet à grappin ? s'exclama Alex.

— Dans ton sac à dos de rêve en Technicolor, répondit Sid en le passant à Alex. Tu l'as laissé sur la moto. Et depuis quand as-tu une moto ?

Regardant par la fenêtre du sous-sol, Alex vit Icemaker toujours en train de tirer sur le fil quand Sangster entra par la porte du couloir. Comme Sangster avançait en tirant, Icemaker envoya un jet de glace qui recouvrit la fenêtre du sous-sol.

Alex entendit Sangster crier « Hé ! », puis deux coups supplémentaires.

Quelques instants plus tard, Sangster était en train de courir vers la porte.

— Le voilà ! cria l'agent en traversant le sol marbré.

Sangster atteignit l'entrée et sauta dehors, dépassa Armstrong, qui maintenant s'éloignait de la porte avec un grand interrupteur en métal dans la main. À l'intérieur, le vampire montait l'escalier en grondant. Alex laissa Paul et Sid se diriger vers l'hélicoptère et se saisit de sa polyarbalète.

— Il arrive à fond de train, dit Sangster.

Alex vit Armstrong se retourner vers la porte une dernière fois. Juste au moment où la tête d'Icemaker arrivait en haut de l'escalier donnant sur le niveau inférieur, le vampire la vit et il lança un jet de glace qui toucha violemment Armstrong à l'épaule et la projeta à plusieurs mètres du porche.

Armstrong resta au sol, assommée, l'épaule gelée. Sangster jura grossièrement tandis qu'Icemaker traversait l'immense salon. Le vampire baissa les yeux sur sa poitrine comme les balles d'aubépine de Sangster s'écrasaient sur son pourpoint blindé et il leva la main encore une fois, enragé. L'air tourbillonna et gela autour de sa main. Il envoya un autre jet.

Sangster fut touché au bras par la colonne de glace et cela le fit reculer d'une dizaine de mètres vers l'hélico, sa main et son avant-bras gelés. Son Beretta roula dans l'herbe, inutile.

Alex n'eut pas le temps de s'inquiéter au sujet de Sangster. Ses yeux furent attirés par l'interrupteur qu'Armstrong avait laissé tomber. Icemaker allait leur échapper.

Alex poussa la porte du Black Hawk et examina l'intérieur. Contre le mur, un filet attaché avec des sangles rempli de balles en verre. Il en attrapa une et bondit vers le porche, montant les marches deux par deux. Il s'abrita une seconde derrière une colonne du porche et évalua la distance. Puis il sauta et lança la balle. Celle-ci décrivit un arc parfait en direction d'Icemaker.

Elle explosa contre la poitrine d'Icemaker, envoyant des ruisselets mortels d'eau bénite sur le visage et le cou du vampire.

Icemaker recula en titubant.

– Toi ! cria-t-il.

Alex arma la polyarbalète et tira, touchant Icemaker deux fois à l'épaule. Les tiges restèrent plantées, de la vapeur s'élevant d'Icemaker tandis qu'il levait sa main furieusement. L'air commença à refroidir et tourbillonner. Il allait tirer. Alex plongea vers l'interrupteur de l'autre côté du porche au moment où un jet de glace passa, coupant net le bout de ses cheveux. Il atterrit près de la porte et enfonça l'interrupteur juste au moment où Icemaker franchissait l'entrée de la maison. Alors que le vampire passait le seuil, les cuves qu'Alex avait déclenchées déversèrent sur le vampire des flots d'azote. Une pluie de gros nuages l'enveloppa aussitôt.

Le vampire se déplaça de l'autre côté du porche en lançant des regards interdits autour de lui.

Icemaker laissa échapper un hurlement qui ébranla le porche. Le vampire établit un contact visuel avec Alex pendant un instant. Alex l'examina. Le regard qu'il vit ne montrait ni peur ni douleur mais de la colère et de la frustration à l'état pur. *Hé oui*, pensa Alex. *Un Van Helsing t'a eu.*

Icemaker sembla se faire une raison, devenant étrangement défiant et calme à mesure qu'il cessait de combattre l'azote. Il regarda alors tranquillement Alex dans les yeux. L'air gela autour de lui. Des couches de glace s'élevèrent aussitôt, jusqu'à ce qu'on ne le voie plus. Il préférait hiberner plutôt que souffrir d'un encaissement à l'azote qui aurait pu causer un gel si profond de ses cellules que même lui n'aurait pu y survivre. En quelques minutes, Lord Byron, Icemaker, était devenu un bloc, Lord Byron, la glace.

Chapitre 24

À propos de glace… Alex était assis à la terrasse de la crémerie de Secheron pour la deuxième fois de sa vie, accompagné cette fois non seulement de Minhi, Paul et Sid, mais aussi de Sangster.

— Alors, où est-il conservé ? demanda Alex.

— Nous avons des endroits réfrigérés, répondit Sangster. Il vaut mieux que vous ne sachiez pas où.

Sangster avait décidé de parler le plus franchement possible de son second travail avec eux, principalement parce qu'ils avaient déjà été témoins de ce en quoi consistait essentiellement ce travail. Il était protégé par l'extravagance de ce qu'ils pourraient être tentés de révéler — qui croirait à cela ?

— Est-ce que c'est comme dans *Le blob* ? demanda Alex. On lui attache un parachute et on le largue dans l'Arctique ?

— *Le blob* ? dit Minhi, assise avec la main de Paul dans la sienne.

Alex ressentit une très légère pointe de jalousie.

— C'est le mieux que tu puisses faire, une référence à un film vieux de cinquante ans ?

— L'Arctique est bien plus chaud maintenant qu'à l'époque où le film a été tourné, alors tout monstre gelé lâché là-bas risquerait de ne pas rester gelé longtemps, soupira Sangster. Mais cela me rappelle qu'il faut que nous restions vigilants. Il y a toujours quelque chose, dit-il en riant.

Alex hocha la tête. Encore quelque chose. Le Polidorium avait découvert que l'entrée du lac pour la Scholomance à côté de la villa Diodati avait disparu. L'école diabolique n'était plus joignable pour le moment.

Carerras avait accepté de ne pas appeler le père d'Alex, à la suite de ses supplications. C'était jusque-là une faveur octroyée par le Polidorium dans sa volonté de le remercier pour l'aide qu'il avait apportée à la capture d'un chef de clan. Il appartenait à Alex de décider de ce qu'il allait faire au sujet de son père. Étant donné le mal que s'était donné le père d'Alex pour dissimuler la première attaque d'Alex sur une créature surnaturelle (sans le savoir), il aurait certainement fait sortir Alex de là aussi. Et c'était la dernière chose que voulait Alex. Pas avec le Polidorium toujours en place. Pas avec ces amis-là.

— Et au sujet du squelette ? demanda Alex.

Il n'avait cessé d'y penser depuis cette nuit-là, mais n'avait bien sûr pas pu retourner à la Villa Diodati, qui avait été bouclée. Le Polidorium avait prétendu qu'un arbre s'était abattu sur le porche au cours de la tempête.

— Qu'en est-il de Claire ?

Sangster haussa les épaules.

— Nous surveillons, dit-il. Mais elle ne s'est pas transformée.

Ceci n'est pas arrivé : Alex Van Helsing n'a pas arrêté de s'entraîner à la chasse aux vampires et ne s'est pas tourné vers une vie studieuse et contemplative. Cela *aurait pu* arriver – dans l'infini de l'univers, cela devait arriver quelquefois –, mais ce n'est pas ce qui se passa cette fois.

Parce que, par-delà les eaux du lac Léman, Scholomance avait de nouveaux projets.

« *Chacun de nous va écrire une histoire de spectres », déclara Lord Byron et sa proposition fut acceptée. [...] Le pauvre Polidori eut l'idée terrible d'une dame à tête de crâne ainsi punie pour avoir regardé à travers un trou de serrure – pour voir quoi, j'ai oublié – quelque chose de très choquant et de très répréhensible, cela va de soi ; mais lorsqu'elle fut réduite à une pire condition que celle du fameux Tom de Coventry, il ne sut que faire d'elle et fut obligée de la dépêcher au tombeau des Capulet, le seul endroit pour lequel elle était faite. [...]*

Je m'occupai à penser à une histoire.

– Mary Shelley, introduction à *Frankenstein*, édition de 1831[10]

10. N.d.T. Shelley, Mary W. *Frankenstein*, traduction de Joe Ceurvorst, Paris, Le Livre de Poche, 2009.

Ne manquez pas
le tome 2

Chapitre 1

Alex Van Helsing fit accélérer la Ninja Kawasaki gris métal et regarda les arbres longeant la route autour du lac Léman se fondre dans un flou crépusculaire. Plus que quelques kilomètres avant l'Académie Glenarvon, plus que quelques minutes, et personne ne s'apercevrait de rien.

L'entraînement avait duré plus longtemps que ne l'avait prévu Alex. Ce qui était censé être un exercice de fin d'après-midi, un samedi, avec Sangster, son — comment devait-il appeler Sangster ? – *mentor*, s'était transformé en une demi-journée de calvaire. Sangster, que tous les autres connaissaient comme étant un professeur de littérature à Glenarvon, avait laissé Alex se joindre à lui et une équipe d'agents actifs dans une incursion fictive au sein d'un bastion ennemi.

Le « bastion » était un petit immeuble à bureaux au cœur de Secheron, un village au bord du lac Léman où Alex et ses amis allaient parfois déguster une crème glacée ; l'exercice avait consisté en une version surexcitée d'un jeu de capture du drapeau. Trois agents jouaient le rôle de terroristes détenant un trio d'otages et Alex faisait partie de l'équipe chargée de s'introduire et de neutraliser l'ennemi sans faire courir le moindre risque aux otages.

C'était un entraînement très sérieux pour le Polidorium, une organisation internationale dont Alex ignorait même l'existence un mois plus tôt. Un nombre incalculable d'agents du Polidorium étaient répartis à travers la planète, mais des centaines d'entre eux se trouvaient juste là, dans leur quartier général du lac Léman, et Sangster avait peu à peu introduit Alex dans ce monde. L'exercice de ce matin avait été un semblant de test. Après un mois d'entraînement en tête à tête avec Sangster, c'était la première fois qu'Alex était mélangé à d'autres agents.

Sid, le camarade de chambre canadien, nerveux et dégingandé d'Alex, avait été enchanté quand il avait entendu parler de l'exercice.

– C'est comme si tu allais participer à un GN, avait dit Sid ce samedi matin, après le petit déjeuner dans le réfectoire de Glenarvon.

— Qu'est-ce qu'un GN ? avait demandé Alex en riant déjà.

La joie de Sid au sujet d'un million de choses dont Alex n'avait jamais entendu parler était contagieuse.

Sid reposa sa fourchette et fit de grands gestes avec ses mains.

— C'est un jeu de rôle grandeur nature.

— Y as-tu déjà joué ?

— Bien sûr, dit Sid. À Montréal, il y a une réunion annuelle de l'Association nationale de jeux de rôles de vampires grandeur nature. J'y suis allé trois fois.

Sid avait quatorze ans, comme Alex, cela signifiait donc qu'il avait commencé à… onze ans ?

— J'ai un clan et…

— Attends, attends, attends.

Paul, l'autre camarade de chambre d'Alex, un Anglais plutôt costaud, faillit s'étrangler avec ses œufs pochés.

— Stop. C'est la chose la plus incroyablement triste que j'aie jamais entendue. Combien de personnes s'y rendent-elles ?

— Des milliers, dit Sid. Ils se partagent entre chasseurs de vampires et quinze classes de vampires. Il y a les Nosferatu, les Tuxedo, les…

Paul agita les bras.

— Des milliers de tarés qui se courent après en costumes et s'attaquent à l'aide de pieux fictifs. Je pense que ce que tu viens de me dire va me déprimer à tout jamais.

— Quoi qu'il en soit, dit Alex, on doit sauver des mannequins.

— Ta vie est *trop cool*, dit Sid à Alex.

Paul jeta un coup d'œil aux murs blafards du réfectoire. Glenarvon était un château reconverti, mais le réfectoire était le seul endroit insipide du lieu.

— Ça doit être sympa d'avoir un but dans la vie, dit-il avec mélancolie. En tout cas, ne dépasse pas le couvre-feu, mec. Je peux mentir pour toi, mais Sid se fait toujours du souci et le pauvre ne peut pas devenir beaucoup plus pâle.

Alex haussa les épaules.

— Je ne raterai pas le couvre-feu.

Il allait rater le couvre-feu. Alex et les commandos du Polidorium avaient passé une heure et demie sur le premier scénario impliquant un mannequin à sauver, puis avaient échangé les rôles, et encore une fois. Sur la dernière attaque, Alex avait tenté l'approche furtive d'un « vampire » ennemi, mais il s'était fait repérer : l'agent jouant le vampire l'avait entendu venir et avait marqué son cou d'une tache d'encre rouge… puis avait décapité le mannequin d'un coup de pied. Après ça, Alex avait dû faire le mort et s'étendre aux côtés de ses condisciples en plâtre.

Il était alors 21 h 30. Alex s'aperçut qu'il allait avoir des problèmes s'il ne s'en retournait pas. Sangster l'avait libéré plus tôt du compte-rendu d'une heure qui avait suivi et Alex s'était finalement retrouvé tout seul.

La route tourna, puis s'étendit en ligne droite sur plusieurs kilomètres, et Alex doubla deux camions, accélérant après les avoir dépassés.